全新修订版

上海著名中学师生推荐书系

影响我中学时代的一本好书

黄荣华　主编

U0837161

寂寞圣哲

鲍鹏山——原著

黄荣华——编注

中国出版集团 東方出版中心

图书在版编目（CIP）数据

寂寞圣哲：全新修订版 / 鲍鹏山著；黄荣华编注
. —上海：东方出版中心，2021.6（2025.7重印）
ISBN 978-7-5473-1838-6

Ⅰ. ①寂… Ⅱ. ①鲍… ②黄… Ⅲ. ①散文集－中国
－当代 Ⅳ. ①I267

中国版本图书馆CIP数据核字（2021）第109458号

寂寞圣哲（全新修订版）

著　　者　鲍鹏山
编　　注　黄荣华
责任编辑　李梦溪
封面设计　钟　颖

出版发行　东方出版中心有限公司
地　　址　上海市仙霞路345号
邮政编码　200336
电　　话　021-62417400
印 刷 者　上海万卷印刷股份有限公司

开　　本　890mm×1240mm　1/32
印　　张　7.125
字　　数　198千字
版　　次　2021年6月第1版
印　　次　2025年7月第10次印刷
定　　价　36.00元

“上海著名中学师生推荐书系”
编注委员会名单

编注者说

编这样一套书,出于三个目的——

一是让中学生朋友们共享同龄人的精神资源。每个中学语文尖子都有自己的个性化阅读,这种个性化阅读多数情况下应当是有普遍价值的,因为毕竟大家的年龄相当,阅历相似,文化背景相同。他们所以成为语文尖子当然有诸多原因,但他们的个性化阅读一定是一个重要原因。因此,把那些语文尖子的个性化阅读且具有普遍意义的著作,让语文尖子们自己向同龄人推荐,说出自己阅读的意义或方法,对绝大多数中学生朋友应当是有益的。

二是增加同学们的情感和思想积累。这就先要说到"应试"教育了。可以说白了,没有情感浓度和思想深度的应试者,至少在目前的语文应试中,他是无法得到高分的。无论是现代文阅读,还是古诗词鉴赏,或是文言理解,作文就更不用说了,没有真情分辨与把握,没有思想综合与揭示,他最多只能拿到最基础的分数。基础分是多少?及格。因此,要想在语文考试中获得高分,就必须注重情感与思想的积累。鉴于这种思路,我们在编选、点评这套丛书时,就特别注意了情感与思想的提升。其实,一个真正的读书者,是永远把情感与思想历练放在第一位的。这样的读书者不仅可使自己成为有人情味的人,有思辨力的人,而且永不会被迷惑,应付各种各样的考试就更不在话下。要特别提及的是,如果你是一个真想学好语文的人,就千万别相信那些所谓应试技巧之类的书。按这种书的技巧指导,你从高一练到高三也出不了头。你可以不买这套书,但不能不听这样的忠告。

三是倡导一种语文观念——语文学习的重要目的是协调学习者与社会的关系。就中学生而言，如何与同学朋友交往，与家长交心，与老师交流，与陌生人相待，是一门重要的课业，但今天的教育基本忽略了这一课业。我们在这套丛书的编选、点评中，也期待在这方面有所为。首先从第一辑的选题看，《寂寞圣哲》整体上是思考人与社会的关系，思考作为个体的人与作为社会的人应如何更好地获取幸福与尊严；《怅望千秋》很大程度上是传承一种精神，那是伟大的唐诗精神——以李白和杜甫为代表的集傲岸与悲悯于一体、集生活与艺术于一身的高贵精神；《古典幽梦》引导阅读者在寻找真实中确立自我与环境、社会的关系；《夹缝中的历史》将广为人知或鲜为人知的历史大事或小事联类贯通，让阅读者从历史发现、甄别、揭示中获取真知。事实上应试能力也是人与社会的一种协调能力。如果把眼光放远大点，我们就能看到，每个人的一生都会遇到无数次的大大小小的应试。一个没有应试能力的人是不能容于社会的。现在的问题是，我们把应试妖魔化了。这不能怪应试本身，而应责怪社会对应试的理解过于偏狭，对中学生应试的操作过于单一。我们只是期待，阅读这套丛书的同学能获益，哪怕是从最基本的应试上获益。

序

黄玉峰

一个中学生的精神成人,少不了自主阅读。学会读书,养成读书习惯,提高读书能力,积累精神资源。一言以蔽之,读书做人,是学校的根本任务。而如今,基础教育已陷入一个误区:一切为了升学,为了应付考试。学生只知读课本,做教辅,对课外读物很少问津。其结果是,我们的学生即使进了一流大学,仍然缺乏应有的人文素养,缺乏文史知识,缺乏怀疑精神,缺乏独立思考的能力。从严格意义上说,他们还不是一个真正的知识分子。

在这一点上,美国的基础教育值得我们借鉴。复旦大学附中学生汤玫婕作为交流学生去美国西法威尔中学高二就读一年。回校后,与我谈起在美国整整一年中的语文学习。那里的教师要求他们每天读40页书,一周200页,然后师生在课堂上共同交流阅读体会,发表不同意见,进行热烈讨论。当然,书目是由教师开的。就这样,在短短一年中,学生不但阅读能力大幅度提高,更重要的是锻炼了思辨力、论辩力,培养了怀疑精神、独立精神、自由精神,而且还直接了解和积累了世界文化史的第一手资料,为将来分析问题、思考问题,提供了坚实的基础。

我们是不是应该借鉴这样的读书方法呢?

答案是肯定的。其实,这种学习方法,在我们的传统教育中本来就已经存在,只是由于种种原因,我们自己把它抛弃了。当然,目前要恢复这一传统,要我们的学生大量阅读,还不现实。于是,怎么引导学生在有限的时间里尽可能读一些好书,这个问题就显得非常突出。

那么，读些什么书呢？虽然，当今图书市场相当繁荣，书刊多如牛毛，但其中鱼龙混杂，良莠不齐，这就需要教师作相应的指导。

《上海著名中学师生推荐书系——影响我高中时代的一本好书》正是为帮助中学生朋友解决这一问题而编写的一套系列丛书，这套丛书大体上说，有以下几个特点：

一、贴近学生阅读实际。这套丛书是作家、教师、学生三者通力合作的结果。尤其值得一提的是，在编写过程中，吸收了在读高中生参与，这些市重点中学的学生的阅读体会往往更贴近一般中学生的心理需求，切合中学生的阅读实际。在栏目设置上也颇具匠心，比如每部书都有"师生推荐的N个理由"，帮助同学迅速、全面地把握每部书的阅读价值；每部书都按一定的梯度组合成几个主题单元，设置"单元导读"和"单元链接"，引导同学们快速领悟每单元的重点，了解扩展阅读的线索；每篇文章都有精彩语句提示及相关点评，使同学们在多层阅读、多重激发中最大限度地获取阅读快乐。

二、知识性与趣味性。这套丛书中的每一本书都曾以其丰富的知识和浓厚的趣味吸引着阅读者。《寂寞圣哲》中关于诸子及先秦的历史、文化知识，《怅望千秋》中有关唐诗的产生、阅读、传播及欣赏的故事、趣闻，《夹缝中的历史》中的种种历史趣事及评价，《古典幽梦》中对艺术的追寻……都将充实同学们的精神世界，带给同学们许多益处。

三、文化性与思想性。毋庸讳言，并非每部来自中学生阅读现场的著作都具有文化性和思想性，相反，有很多恰恰缺少中学生所必需的文化与思想高度，而是迁就部分同学的低龄化阅读趣味和文化享乐心理。而这套书在选择推荐书目时，就着眼于文化品味，以提升同学们的文化与思想高度。

这里有两点必须说明：

一是这套书所推荐的书目，并不是十分完美的。事实上，对每一个读者群,都不可能有完全适合的读物。阅读从根本上说是个人化的行为,无论别人开出怎样贴近读者阅读实际的书目,最终还是要靠读者自己去阅读、去体会,从中得到启发,并不断扩展,最终形成有个性的阅读面。

二是读书与应试不应该是矛盾的,更不应该是对立的。我们深信,学会读书,爱好读书,养成读书习惯,不但能使人享用一辈子,而且对于学生面临的各种应试也是有用的。那种天天做习题的应试方法,其实是一种投机取巧的方法,看似有的放矢,却往往弄巧成拙,事与愿违。只有从根本上提高人文素养,才能在考试中高屋建瓴,应付裕如,稳操胜券。

愿《上海著名中学师生推荐书系——影响我中学时代的一本好书》能成为广大中学生朋友人生重要阶段的良师益友,愿所有阅读这套丛书的同学能收获良多。

是为序。

于复旦大学附中

波安轩

黄玉峰,著名语文特级教师。

目 录

师生推荐的N个理由

SHI SHENG TUI JIAN DE N GE LI YOU

只有从根本上提高人文素养，才能在考试中高屋建瓴，应付裕如，稳操胜券。

黄玉峰

这是文学读本、历史读本，更是思想读本。

黄荣华

它总是在熟悉的地方带给你陌生，在陌生的地方带给你愉悦，在愉悦的陌生中让你的思想于不自觉中提升。

程　莹

能够在人生中最喜怒无常的年龄与此书相遇，实在庆幸。此书不读，实乃遗憾！

黄　皇

“寂寞圣哲”因你阅读而不再寂寞

复旦大学附中　黄荣华

读了《寂寞圣哲》的《后记》(读书有先读后记的习惯),就有了向同学推荐的冲动,待认真拜读完鲍先生的大作,更有了一种非推荐不可的强烈冲动。

很高兴,这本书得到了同学们的普遍欢迎。有的同学几乎每天都将其置于课桌的右上方;有的同学在高一、高二时常读,到高三时让其陪读。

他们说,《寂寞圣哲》不仅对学语文大有裨益,对学历史、学做人也都很有启发;它不仅可助应试,更能助人成长。它是文学读本、历史读本,更是思想读本。

他们说的都没错。或许,老师更有自己推荐的深层理由。

不敢说鲍先生已成圣哲,但鲍先生肯定是继往开来者。他著作的《寂寞圣哲》就是证明。

他的写作目标很明确,也很宏大。他在《后记》中这样说:

“作为个案研究,我的目的就是要借此了解个人与庞大的体制之间的关系,了解我们的文化传统及其所构成的生态环境。”

“从社会的方面说,这关系到如何为社会肌体保存大量的活跃的细胞,从而使整个社会保持活力与创造力;从个人的角度而言,这更关乎人的幸福与尊严。”

我以为他的写作很好地完成了这些目标。

这是一本关于人类如何获取幸福的启示录。

《寂寞圣哲》从"人的幸福与尊严"的角度,审视"我们的文化传统及其所构成的生态环境"。与其说作家是在讲"圣哲",不如说作家是借探讨"圣哲"及其生存的文化环境,阐释作为个体的人与作为社会的人,应当如何去求得人生的"幸福与尊严"。

先秦诸子各自以其独特的生存方式,赢得了"圣哲"的美名;各自以其无可企及的深刻,揭示了人生与社会的种种关系,但他们"独特的生存方式"和"深刻"的"揭示",都有着自身致命的片面性或者说缺陷。而从两千多年前到今天,中国社会却似乎一直只尊崇儒家文化,只认为儒家文化才能更多地带给人们以幸福与尊严。这是为什么?这是必然的吗?这是真实的吗?在东西方文化大碰撞的今天,作为个体的人在协调与社会、文化的关系中,在努力获取个人的幸福与尊严时,我们如何从诸子"独特的生存方式"和"片面"的"深刻"中获得启示?《寂寞圣哲》对此都有着独特的阐述,能启发读者更广泛、更深入、更智性、更切合自身地思考。

圣哲们都是寻求幸福的大师。让常人难以接受的是,他们的幸福之路往往是寂寞之路。圣哲们都拥有人的尊严。同样让常人难以接受的是,他们的尊严之路也往往伴随着漫长的寂寞之旅。

难道圣哲的幸福就是那生前身后的漫漫寂寞?

圣哲从来都寂寞,就因为他是圣,他是哲。是圣,就在常人之上;是哲,就在常人之前。高高在上,令人敬畏;遥遥领先,难以企及。

但人类需要圣哲。没有圣哲的天空一片混沌,没有圣哲的天空永如长夜。

所以,任何时代,寂寞的圣哲都有不寂寞的时候。因为任何时候,都有怀揣敬畏之心朝谒圣哲者。他们虔诚,他们虚心,他们聪慧,他们更负有继往开来的使命。司马迁如此,韩愈如此,梁启超、鲁迅亦如此。司马迁们的阅读，不仅使"寂寞圣哲"多了一分难得的热闹，多了一种合理的承传方式，多了一重个性化解读的价值，多了一样启凡成圣的可能，也使阅读者自己在阅读中成了我们生活天空中的又一圣哲，从而拥有一种不同于常人的幸福与尊严。

正是怀着这样的梦想，我要向学生推荐。

我期待他们在阅读圣哲中走向圣哲，甚或成为圣哲，成为真正幸福之人。

“寂寞”，让人如此美丽

复旦大学附中　程　莹

“……在世纪的废墟中散落的弹子，愿你们仔细收捡，当一切都已堕落，一切都已不可为，你们就去玩弹子……”

——题记

初遇《寂寞圣哲》，正是从初中步入高中的转折期。许是性格“慢热”的缘故，心绪总是常常被迷茫、追忆、伤感、不安所占据。寂寞，是我最长久的姿态。

不久，老师就推荐了这本鲍鹏山先生所著的《寂寞圣哲》。

“寂寞”？我在私底下暗自苦笑，书名中的这个词恰好契合了我当时的心境。我的“寂寞”来源于对陌生环境的恐惧、对未来的不确定和对过往无休止的追忆。那么千年前的春秋战国时代，那群被我们称为“大思想家”、“大政治家”的在中国历史上留下过浓墨重彩的“圣哲”们，他们的“寂寞”，又根植何处？

于是在夜晚昏黄的灯光下轻启书页，墨香扑鼻中，读着读着竟不忍释手，仿佛自己的思想穿越时空，回到那个蒙昧与激越并存的时代，与那些人类的智者——生活在颠倒与扭曲的世界，心肠变得冷酷但又脱胎换骨、超凡入圣的老聃；神情枯淡、不疾不徐地编织着草鞋，但内心渴望鲲鹏展翅于万里高空的庄周；一路风尘、坐在马车上弦歌不绝，当看到弟子在用音乐教化陶冶百姓后莞尔一笑的孔丘；腰间佩带短剑、眼神中闪着坚毅之光，面目一片黧黑的“独行侠”墨翟；不能安于现状因而也不能“诗意地栖居”于现实大地，最终只能无路可走而走向自杀的屈原——进行了长达三年的交流与对话。

在这次穿越民族记忆核心的“寂寞之旅”中，我个人的“小寂寞”渐渐消融于先哲们的“大寂寞”中。诚如著名作家贾平凹先生在《序》中所言：“这本书使圣贤庸行，大人小心，使我们不知不觉而知觉。”

只是我直到三年后的今天才惊觉：这“知觉”，竟能持续整整三年高中生涯，无论是诗意的与社会的协调，或是功利的对应试的把握，《寂寞圣哲》的影响可谓深矣。

在我们这个年龄，“友情”毫无疑问是情感生活的主角。在高中初来乍到、“举目无朋”的情况与初中时“呼朋唤友”所形成的鲜明反差总是叫人沮丧，动辄还会看这个不顺眼、看那个更不爽……其实明人张岱说得好：“人无癖不可与交，以其无深情也；人无疵不可与交，以其无真气也。”生活不会一成不变如死水一潭，当变化的波澜漾起，我们只要一抬脚，清泠泠的活水就会盈漾在我们目睫之间，浸润在我们的心灵之中。不妨读读孔子“益者三友”的评说、庄子对施惠的感念、庄子与孟子的擦肩而过、屈子的独善其身……这些都将会带给你心灵巨大的冲击，帮你驱赶那纠结于心底的浓重寂寞。

对于学生而言，“应试”，无论你有怎样冠冕堂皇的理由，都是绕不过去的一道“坎”。高考大棒仍旧在挥舞，我们学生尽管无可奈何，却不得不向功利和现实妥协。这种妥协渗透到阅读的层面，迫使我们不得不捧起一本本并非真心想看的书，迫使我们不得不把一长串拗口艰涩的名言生吞下去，迫使我们“为赋新词强说愁”，“装”出义愤填膺、悲悯天下的“大情怀”。但《寂寞圣哲》却全然不似这般。它总是在熟悉的地方带给你陌生，在陌生的地方带给你愉悦，在愉悦的陌生中让你的思想于不自觉中提升。

《颠倒的世界与哲学》中，作者从老子的治世哲学中得出结论——“技术的世界,往往影响人的心灵的世界,太重智慧,可能损害德行”。这不是颇值得现代人在科技与道德的较量中好好玩味一番吗?

《折断的双刃剑》中,作者对“高洁之士”“道德有行之士”提出质疑——“弃天下如弃敝屣,避世风流、个人逍遥乃最崇高因而也是极要推崇与企羡的人格理想,这类人被视为高洁之士、道德有行之士。而投身人众之中,以天下苦痛为心病,通天下之务,忧天下之患,则反被视为俗人,往往被嘲讽和讥笑,他们的行为也往往被歪曲”。由此,作者进一步揭示一种“道德与审美严重对立”的文化现象,真的是振聋发聩,令我目瞪口呆!

且听《颠倒的世界与哲学》传来的回响:“没有道德感的人是没有道德痛苦的,没有良好的文化熏陶的人也就没有文化负担(当然,受过文化熏陶的人中也有不少人更没有文化负担)。这‘痛苦’,这‘负担’,是人生的枷锁。但若没有了这种枷锁,那不就成了如孟子所说的‘放僻邪侈,无不为已’的恶棍了么?”

且看《黑暗王国里的残烛》如何闪耀光华:任重而道远“是自讨苦吃式的崇高……让人尊敬是有条件的,不能因为你读了不少书,甚至读了不少洋文书,知道各种主义,就能受人尊敬。你还得有所承担。孔子及其弟子们,在那么一个时代,就已经意识到担当道义是知识分子的最高使命,甚至是无法摆脱的宿命了,就已经知道执行文化批判而不是文化媚俗文化献媚是知识分子的基本职责了”。

且思《向帝国挑战》的道德挑战:“从个人角度讲,道德的行为会使人得到最大的利;从社会角度言,道德的行为亦是社会以最小的代价而获得最大效益的最佳方式。而不道德的社会行为,如墨子在《耕柱》篇中所说的‘大国之攻小国’,结果是大国小国全都不划算,全都受损失。”

一如作者所言:“当我们放弃了思想,我们只能是工具性的存在。”《寂寞圣哲》一书中，几乎每篇都有闪烁的思想之珠等待你去一一捡拾。相信这些思想之珠能给刚刚开始思索社会、思索人生的你助上一臂之力。

《人在江湖》有一段诗意且意味悠远的比喻：

“在一个文化屈从权势的文化传统中，庄子是一棵孤独的树，是一棵孤独地在深夜看守心灵月亮的树。当我们都在大黑夜里昧昧昏睡时，月亮为什么没有丢失？就是因为有了这样一两棵在清风夜唳的夜中独自看守月亮的树。

“一轮孤月之下一株孤独的树，这是一种不可企及的妩媚。”

感谢这些寂寞的树，因为你们使我不寂寞。

感谢作者，让这些寂寞的树成为我年轻生命的图景，并使我明白，寂寞，让人如此美丽。

栽一棵看守心灵月亮的树

进才中学　黄　皇

当我们都在大黑夜里昧昧昏睡时，月亮为什么没有丢失？就是因为有了这样一两棵在清风夜唳的夜中独自看守月亮的树。

——题记

书桌的角落静静地躺着一本书。微风吹过，鲜红扉页时隐时现。百无聊赖，寂寞圣哲翩然而至。

在老师无意的推荐下结识此书。现在想来，能够在人生中最喜怒无常的年龄有此书陪伴，实在庆幸，并大赞与之有缘。此书不读，实乃遗憾！

从独来独往、无意去留的庄周，到赴汤蹈火、摩顶放踵、利天下而为之的墨子；从锋芒毕露、正义在胸的孟子，到平和公正、循规蹈矩的荀子；从贵我人格、绝对自我的杨朱，到擅为大业却终成小人的商鞅……作者鲍鹏山沿着春秋战国时期闻名的思想家、政治家的心路走来，层层揭示人物内心深层次的文化冲突与矛盾，期求着读者能受到启迪与震撼，其用心也良苦，其心思也颇费。

略去书中关于某些哲学问题的探讨，我在书中所读到的，我在这些看似无关却又紧紧联系的圣哲们身上所看到的，是四个字：坚守姿态。伟大的思想家们着实拥有非同寻常的想法，倘若仅此而已，与常人也无大差别，可圣哲之所以成为圣哲，成为寂寞的圣哲，应归结到“坚守姿态”四个字上。倘若说人的价值取向、人生观念是月亮，拥有澄澈丰满的月亮固然重要，但更重要的，便是去栽一棵看守心灵月亮的树，这棵树，便是那样一种坚守的姿态。

庄周栽树

我认识庄子，就是从本书开始的。书中《永恒的乡愁》与《人在江湖》两篇文章都是写汪洋恣肆的庄子的。这两篇文章乃本书的代表之作，双双被选入新的语文课本，其经典性，无须赘述了吧！

庄子为道家学派代表人物之一。鲁迅评价他“中国出世之说，至此乃始圆备”。庄子要告诉人们的，是“如何自救与解脱，如何在一片混乱中保持心灵的安宁与清净，如何在丑恶世界中保持住内心的自尊自爱，不为时势左右而无所适从，丧失本性……”庄子心灵的月亮是空灵的，但倘若只有这样一种空灵的思想，庄周不可能赢得后世的赞誉。

成庄周者，其所栽一树也。

莫误会，“庄周栽树”并非典故。此树，便是庄子坚守姿态的象征。于湖边漫步，于山中登览，必会偶遇一两棵姿态古怪、叶落枝枯却也苍劲有力的老树，非同一般树的循规蹈矩，而是硬生生地将枝条夸张地压向一边，这不正是庄子对于自己的思想坚守的姿态吗？为了坚守住自己的思想观念，他的笔锋荒唐到了极致，他的态度偏激到了极致，就像姿态夸张到了极致的老树，静守明月。

枯皮剥落，老树显得灵韵十足。庄周所栽的那棵老树，也就用自己独特的姿态孤单地守望着心灵的月亮，达到一种不可企及的妩媚。

栽树？栽下的是万世不倒的风骨。

孟轲与大榕树

书中《王者师与大丈夫》一文讲述的就是孟子的故事、思想与人格。说大实话,文章一多半讨论的是孟子的某些观点,学术味道很浓,我是没有什么兴趣的。但文章却始终穿插着作者关于孟子本人的看法,这是我眼中文章的精髓。

读罢此文,脑中只剩下三个利索纯粹的大字:大丈夫。众所周知,孟子的思想核心是义,兼有仁。倘若孟子有的,只是这样一个思想的空壳,也与孔大圣人几千徒孙无甚区别,更谈不上“亚圣”之称。守护住孟夫子心灵月亮的,成就孟子儒家祖师地位的也是一棵树,不同于庄子那古怪夸张的老树,孟子所栽的,是一棵挺拔笔直、粗壮宏大的大榕树,其气也,酷似“大丈夫”。

孟子英气逼人,与人辩论,更可达到气贯长虹的境界。这样一个直来直去,始终傲慢也始终偏见,始终激情也始终浩荡的孟子,不就像一棵冠可遮天的大榕树一样,死死地守住心中的明月,不让它被慢慢吞噬吗?

孟子栽了一棵大榕树,栽树那天,榕树之上的天空里,翻腾着炙热的烈焰,重新照亮了天边已有些灰暗的月亮。

在那个百家争鸣的时代,谁能评断谁的人生观、价值观是正确的,谁的又是错误的呢?所以坚守自己的人生价值取向,在那个时代,是十分必要的。当然,时光匆匆走进21世纪,让人们去一味地坚守一己的价值取向,毫无疑问是偏激的。但我们又不得不悲哀地看到,在媒体无处不在的现代世界中能够坚持自己正确的价值取向、人生观念的人越来越少。而越来越多的人喝上了一样的可乐,吃上了一样的垃圾快餐,玩上了一样的网络游戏,读上了一样速成的小说,越来越多的人随波逐流地投进了大众思维的怀抱,至此,民族与社会的创新越来越少,思想碰撞出的火花越来越小……

在这样一种情况下,读《寂寞圣哲》一书,就显得意义非凡啦。看过了圣哲们对自己价值取向“寂寞”的坚守,才真正地发现了坚守的魅力，才真正地渴盼自己能够在思维几乎统一的人群中跳出来，去大喊出自己的所思所想。

去栽一棵看守自己心灵月亮的树吧，用它的坚守，看住这个社会越来越难得的明亮的心灵之月。

书，依旧静静地躺在角落。放下笔，发现窗外的月亮又圆了几许……

第一单元

DI YI DAN YUAN

老子为何出关？为何弃我们而去？我们的民族真是一个不需要哲人的民族吗？“圣人被褐”的根本原因在哪里？

庄子为何流落江湖？他的“故乡”在哪里？庙堂与江湖必然对立吗？

或许你是老庄迷，对这些问题早有研究。那不妨再看看鲍先生如何评说，也许又有不少令你惊喜的发现。

或许你从未接触过老庄，对这些问题根本不感兴趣。那也不妨翻翻鲍先生的文章，也许某些文字会令你眼睛一亮，从此产生探究大哲人的大雄心，最终使自己走近圣哲甚或成为一代圣哲。

颠倒的世界与哲学

道家者流，盖出于史官，历记成败存亡祸福古今之道，然后知秉要执本，清虚以自守，卑弱以自持，此君人南面之术也。

——《汉书·艺文志》

有物混成，先天地生，寂兮廖兮，独立而不改，周行而不殆。可以为天下母。吾不知其名，字之曰道，强为之名曰大，大曰逝，逝曰远，远曰返。

——老子

一

老子是一位令人望而生敬的人，因为我们不知道他智囊般硕大的头颅内究竟包含着多少人生的智慧；他还是一位令人望而生畏的人，他额际密密的皱纹中不知隐藏着多少阴谋与陷阱；当然，他还是一位令人望而迷惘的人——他神奇般地出现在我们民族的孩童时代，大约是失望，或另有使命，又神奇般地消逝他方。

由“生敬”到“生畏”到“迷惘”，老子的世界逐层展开。令人生敬，是老子求真，后人由此悟得真理；令人生畏，是老子对社会、人生的冷酷揭露；令人迷惘，是老子“失踪”了。

在夕阳的余晖中，他晃动着远去的身影，弃我们如弃敝屣。他对我们竟没有一毫的留恋之意，让我们老子为何出关？为何弃我们而去？

我们的民族真是一个不需要哲人的民族吗？

世世代代为此难堪自惭。是的，老子出关而去是一件意义严重的事件，它表明，我们已经不配受哲学的引导；而我们自己由于迷醉与迷失于物质世界，也可耻地抛弃了哲学。一个绝顶的哲人，不屑与他的同胞为伍，甚至不愿埋骨乡梓，这难道不使他的同胞自信与自尊受挫吗？我们怎么了？真的是堕落得万劫不复了吗？真的是不配这样的一位哲人来教导吗？

老子的行踪可以用得着这样一个词：神出鬼没。有人说他是神龙见首不见尾，在云端里半隐半显。不过，就算他是飞鸿，偶然经过我们的时空，也还是留下了雪泥鸿爪，还是给我们留下了怜悯和慈悲。司马迁不知有何依据，断言他是楚苦县厉乡曲仁里人。苦县原属陈，陈又为楚所灭，所以又属楚了。当时南方北方的民风与学风已有较大不同，楚国也就以道家学派及由此而生成的文化传统，与齐鲁大地的儒家、三晋大地的法家比肩而立鼎足而三。

“道德”即事物的本质规律。

老子的著作是有名称的，这和其他诸子著作统以作者姓氏加“子”命名者不同。他著作的名称就叫《道德经》，或者，根据《德经》《道经》之先后又叫作《德道经》。何谓德？一物之所以为一物谓之德，用今天的话说，就是事物的本质属性，特殊属性。何为道？万物运行之规律谓之道。所以，老子研究的，感兴趣的，是较为纯粹的哲学问题，是对客观具象事物的抽象。

他也是一位深谙历史的学者，司马迁说他是周守藏室之史，就是周王朝政府档案馆的馆长。那时的政府档案馆中所保存的文献，不外乎是史官们记事记言的历史罢了。他整天关在阴冷的屋子里读这些东西，能不“一篇读罢头飞雪”？难怪他“生而发白”。他生在那么多既有的历史之后，如历史的一个晦气重重的遗腹子般。是的，对于有些人来说，人类集体的经历和创痛往往就如同他个人的经历和创痛，人类已往的体验也就是他最个性的感性体验，老子正是这类超常人中的一个，面对着“上疆场彼此弯弓月，流遍了，郊原血”毛泽东语的历史血河，他怎能不由美少年变为鸡皮“老子”，并在他额头上深深浅浅密布的皱纹中，埋下与阴谋、与冷酷甚至与残忍难分难解的智慧？班固说，道家出于史官，是有感而发吧。

从这个角度看，“老子”可解释为“古老历史之子”。

看多了罪恶，不是与世同浊，心肠随之冷酷，便是脱胎换骨，超凡入化，蜕化出一颗大慈大悲的心灵。综观老子的遗著，好像他这两者兼而有之，犹之乾坤始奠之前的混沌宇宙。不过我相信，当老子带着满头风霜，一脸慈悲，走出守藏室时，他已洞穿人生的厚壁。在阳光下他眯眼看人间，人间混乱而无道，正如一塌糊涂的历史。他心如止水。一切把戏他都已了如指掌，各色人物他也都似曾相识，周朝的大厦将倾，山河将崩，九州幅裂，小小的守藏室亦将面临一场浩劫，“金玉满堂，莫之能守”。那些厚重的典籍守不住也藏不住了。他抬头看看西天的晚云，去意满怀，是的，该走了。

“冷酷”是现象，“慈”与“悲”才是本质。

不过，我们还算幸运。据司马迁的记载以及后来神仙家的推衍，当老子骑着青牛要出关而去时，被关令尹喜挡住了。这位尹喜对老子说：“子将隐矣，强为我著书”——在你抛弃我们之前，能否劳神一下，为我们留下你的思想？

多年以前，我揣摸老子此时的心情，假托老子的口吻，写过一篇短短的《老子出关》：

> 我已经没有什么故事告诉你们了。
>
> 我曾预言过劫数的到来。我曾以薄薄的柳笛吹起晚岚。然而那时你们甜寐于未朴的岁月之梦，白白地错过了时光。
>
> 召唤已经传来，我将离去。在另一国度的土地上播撒幻梦之粒。在我走进血红的夕阳之前，我留下这五千言的零乱缄言，在世纪的废墟中如散落的弹子，愿你们仔细收捡。当一切都已堕落，一切都已不可为，你们就去玩弹子。

那时我正在翻检老子的五千言《道德经》，我的感觉就如同下午阳光下马路边上玩弹子的顽童。所不同者，玩弹子的顽童兴致勃勃，而玩老子五千言汉字“弹子”的我则有些百无聊赖。那时我的处境不妙，很灰心。但灰心的人看老子，也算是一种精神寄托吧。渐渐地，除了我不大感兴趣的什么宇宙生成构成外，我把老子的五千言理出两条思路：一曰治国，二曰处世。下面我就分别来谈谈。

全文之纲

二

老子“无为”的价值何在？

老子治国的方法，也就是班固所说的“君人南面之术”了。老子大约是看多了历史上君主种种行为所带来的灾难，他知道，那些在冠冕堂皇的文告中被打扮得正义非凡的行为，不过是统治者本人嗜欲的间歇性发作而已。为此，他对症下药地开出一剂药方：“无为”。“无为”？让他们不修筑生前的宫殿和死后的陵墓了？不发动开边的战争去抢夺土地、子女与玉帛了？所以这剂药是统治者万难下咽的。不过真要是“无为”了，那确实就简单了，所以他宣称“治大国若烹小鲜”，治国之简单易行就如同炒一碟小鱼而已！为什么这么简单？因为照他的说法，治国的关键不在于我们殚精竭虑地去做什么，只要我们把现在正干的事停下来，什么也不做就是了：

历代君主的“有为”是“嗜欲”的发作，带给人民无数灾祸。

> 不尚贤，使民不争；不贵难得之货，使民不为盗；不见可欲，使民心不乱。是以圣人之治，虚其心，实其腹，弱其志，强其骨。常使民无知无欲，使夫智者不敢为也。为无为，则无不治。（三章）

一口气说出八个“不”字，四个“无”字，听起来就像摇头如拨浪鼓似的口里一连串的“不不不……”和“别别别……”冷眼看世界的乱哄哄、热闹闹，终于看破其机关，于是来个全盘否定。这里有些句子我们分析一下。“贤”是什么？贤是人的智力、能力和德行的总和，是对一个人的综合评价。“贤”的坏处在于它是“有为”的工具，人越贤，闹的动作也会越大，潜在的可能性也就越大。而一切可能性都是现存世界秩序的潜在杀手与颠覆者。被历史与现实的无穷变幻与无

当“贤”变成“有为”的工具，“贤”之弊就产生了。所以“不尚贤”。

数鬼脸弄得心惊肉跳神经兮兮的老子渴望宁静，那种远古的无争无夺的、无知无识的、无是无非的宁静。所以老子要“不尚贤”。“货”是什么？是人人都欲得的物质享受。“货”的坏处在于它刺激了人的欲望。这“货”与“贤”相辅相成。据段玉裁的意思，“货”乃辗转易手之财，“贤”则是由“多财”引申而出的人之多能。故而，“货”是所争的目的，“贤”则是争夺的手段。越贤，争夺就越激烈，阴谋就越周密，用心就越机巧。所以老子说“圣人之治”应该是“虚其心而实其腹，弱其志而强其骨”。这个“虚心”是指“无欲”之心，这个“志”也是“欲望”的同义语。这当然是“愚民政策”，而且是很阴险的愚民政策。不过，就我的观察，中国历代的统治者却连这点也做不到。何以故？因为他们虽则想尽办法虚人民之心，弱人民之志，或者进行奴化教育——钱锺书先生就说过，古代的愚民政策是让人民不受教育，现代的愚民政策是让人民只受一种教育——但他们是决不能忍受让人民“实其腹”“强其骨”的。中国穷，黄河流域尤其穷，所以必须是以大部分人吃不饱来保证一小撮吃得好的。这一点，倒是档案馆中读死书的老子不能明察的了，或者，在这里，他比“率兽食人”（孟子语）的统治者当权派要仁慈得多了。

“不受教育”为愚，“只受一种教育”为奴。

“使夫智者不敢为”，这一句也该提出来特别说一说。鲁迅曾迷惘地问道：一个铁笼子里一群人昏睡以待死，而有一两个人醒来了，这一两个人是喊叫好还是也一同昏睡好？英国著《论自由》一书的穆勒也谈过类似的问题，他说，在专制的社会里出现过并且还会出现伟大的思想家，但绝不会出现思想活跃的大

“专制”社会的共性。

众。所以，思想家天才的思想火花只能在小范围内悄悄地传播，并自生自灭，而永不能以其光辉照亮社会的大众生活。穆勒这是对世界史中已有现实的描述，而老子，则是在该状态未出现之前对此进行设想。他真不简单呢。试想，智者面对着这样一群胃里充实头脑空虚、筋骨强健心志卑弱的大众，他还敢为么？愚昧的大众往往以集体的暴力成为暴政的同伙啊。

作为“为”的产物，“仁”“义”“礼”等等，老子当然大加反对。他认定一切都在堕落：“大道废，有仁义，慧智出，有大伪，六亲不和，有孝慈。”所以他预言：

> 故失道而后德，失德而后仁，失仁而后义，失义而后礼。夫礼者，忠信之薄而乱之首。（三十八章）

“有为”使人性倒退。

我们只要看看周公之德，孔子之仁，孟子之义，荀子之礼，就可知他对历史的惊人预见。大约到了荀子的“礼”，再往下便无法收拾了，只好再用韩非的“法”，于是出现暴秦，真正是“忠信之薄而乱之首”。通过这段话，我们也可见老子对历史的悲观，对人类文化史的基本评价。在他看来，人类道德是一个逐渐堕落的过程，人类历史是一个衰退的过程而不是发展的过程，而人类在历史长河中的文化“创造”，只不过是对堕落人性的被动适应，甚至是对其的取媚。所以，他认为，人类历史应该反过来，逆向行走——去追溯本源的“道”。也就是说，只有“逆历史潮流而动”，才能不屈服于人性堕落，制止人性的堕落。这个过程，就是他所说的“复归于婴儿”，复归于“朴”，复归于“无”的过程，也就是复归人类本质的过程。他以为，这是人类唯一的自赎之路。你看他“逻辑”地推论——

“无为”可使人性复归。

> 绝圣弃智，民利百倍；绝仁弃义，民复孝慈；绝巧弃利，盗贼无有。（十九章）

把这一章和上引三十八章对照看，我们可以得出这样一个结论：人类已有的历史是人性的退化史，而逆向行走，才是人的进化史——这真是世界历史上最令人惊诧的“进化论”！

思想家与机会主义者的区别。

思想家往往是不与时代同步的。他们或超前于时代，提出未来之蓝图，如柏拉图、马克思，中国的荀子也算一个；或落后于时代，留恋过去之生活，如老子、孔子。这后一类哲学家对逝去的一切嗟叹不已，为之洒泪哭泣，如已死时代的守墓人。他们往往太纯洁、太敏感、太钟情、太理想主义，他们甚至还太崇高，崇高到不计一切功利地为已逝的文化传统讴歌甚至殉身。是否可以这样说，和时代拉开一定的距离往往是产生真正思想家的前提之一。与时并进的往往是机会主义者，思想家毕竟不是机会主义者，思想亦不是机会。

老子发现现世“所失”，是对现世的批判。

超前的思想家发现现世的所缺，恋后的思想家发现现世的所失。他们共同发现时代之缺失、之不完美，并从而对之进行批判。唯其批判，才是文化。文化的本质使命即是批判。比如马克思主义学说，除了提出人类最伟大的理想，在设计未来方面显示天才，显示对人类的终极关怀外，还有一点，也是最重要的一点，那就是对现存资本主义的批判。没有这种对现存社会的文化批判、道德批判与政治批判，马克思主义学说不就黯淡无光了么？

无为而治，是否定形式的“治”。如果我们不怕大胆推论的话，我们可以这样发问，既然“无为”了，还要统治者干什么呢？还要社会组织干什么呢？实际上，老子对此已预先作了回答：

> 小国寡民，使有什佰之器而不用，使民重死而不远徙。虽有舟舆，无所乘之；虽有甲兵，无所陈之；使民复结绳而用之。甘其食，美其服，乐其俗，安其居。邻国相望，鸡犬之声相闻，民至老死不相往来。（八十章）

国小，民少，这是老子对他理想国家所定的规模。这是出于管理上的需要，可以省去很多管理机构，也是为了限制统治者的欲望，甚至也是为了消除战争。另外，小国林立，可能也使小百姓有更多可能的选择吧，要“偷渡”不就容易些么？抬起腿就可以“适彼乐土”。我看这一切还是出于“绝圣弃智”的需要，何以故？“有什佰之器而不用”“有舟舆无所乘之”，车船什佰之器等机巧之械没有用场了，自然也就会绝迹，“机巧之械”的绝迹，根据后来的庄周先生的观察，是可以杜绝人的“机巧之心”的。技术的世界，往往影响人的心灵世界，太重智慧，可能损害德行，这是中国古代各派思想家几乎一致的观点。

“小国寡民”“民至老死不相往来”，是“无为”的结果，也是“无为”的手段。其本质是否定现实，是对现实人性倒退的批判。

通过这段文字还可以明显地看到老子对文化与

文明的恐惧。文化、文明的进步,往往伴随着对传统道德的亵渎,往往是以传统的崩溃至少是痛苦变革为代价的。老子无法心平气和地面对这些,所以,他在他的理想国中扬弃了文化与文明,在“结绳而治”的古朴中圆一个道德之梦。为了人性的纯洁,他已什么都不顾惜了。

也许,当我们进入这样一种生存状态,人类就真的进入“理想国”了。这是一种真正的“和谐”社会,彼此拥有完全的独立,彼此又享有共处的关系。或许,这是“无为”的终极意义。问题是,我们如何进入“无为”?

与此相应的,老子当然反对人与人之间文化上的社会组织上的联系。他要斩断这种人与人之间的文化纽带,让人回到自然的血缘纽带中去,回到家族中去。从而人与人的关系不是有序社会组织中的协作关系、分工关系、阶级关系,而是原始的自然关系,如同一头鹿之与另一头鹿的那种若有若无的关系,甚至一头鹿与树上一只斑鸠的关系,彼此心无牵挂,却又和平共处。看来老子对人与人之间的社会交往评价极低,抱悲观的态度。所以他要人不远徙,安其居,乐其俗,邻国相望(可见国之小),鸡犬之声都可以互相感发,但人却必须“老死不相往来”。不相往来,是“无为”的结果,既然“无为”,哪有往来?又何必往来?也是“无为”的手段,既然不相往来了,怎么去“有为”?

可见他的小国寡民的设想实际上是解散了建立在文明基础上的社会制度,他认为这种制度是“有为”的结果,是人类退化的标志。显然他对现存社会秩序评价更低,近于一笔抹杀。作为国家档案馆的馆长,竟然著文否定现存社会制度,否定周文、周武以及天才政治家和伟大道德家周公建立的这一已延续数百年的社会政治制度与文化制度,必欲瓦解之而后快,这是什么行为?他的这套理论欲置周天子于何地?

当初周之始祖古公亶父从岐山发迹，进而霸有天下，难道错了吗？他想让周天子再去当一个小小的、连邻国鸡犬之声都可以骚扰他的春梦的原始部落的一个小酋长吗？——好荒谬的建议！好悖忤的言论！好大的胆子！好伟大的批判勇气！

鲁迅在《汉文学史纲要》中说："老子之言亦不纯一，戒多言而时有愤辞，尚无为而仍欲治天下。其无为者，以欲无不为也。"真正是洞若观火，把几千年前扑朔迷离的老子看得透彻敞亮：老子的很多话，不过是发泄不满的愤激之辞罢了。

三

《道德经》中引人注目的第二方面便是他的处世哲学。治世是"外王"，处世即"内圣"。由于在治世上老子既已倡导"无为"，可说的话就不多，所以，老子把更多的关注放在处世上。这一方面最能显示老子思想的特点，也最能体现道家哲学中人生哲学的特点。在中国古代，在漫长的封建专制社会中，人们喜欢他的哲学往往是喜欢他哲学中的这一部分，人们说他充满人生的大智慧。可另一方面，他受人诟病，被人骂作"阴险"，也是因为这一点。

鉴别中显示老子处世哲学的意义。

何谓"阴险"？因为"阴"所以"险"。"阴"与"阳"相对，"阴谋"与"阳谋"相对，大权在握者搞阳谋，而实力无法与之抗衡的一方就只能搞阴谋。世上若只有"阳谋"，而没有"阴谋"与之抗争，至少是削弱阳谋的威严，那处于弱势的一方岂不就万劫不复了？我以前看过黎子耀先生的一本谈老子的书，书名我忘了，那书中认定《老子》一书乃是写的奴隶起义，连老子的“李”姓，也拆成“木子”，象征箭；“周守藏室”被解成月亮，象征弓。那可真是被压迫的“阴”在反抗主宰的“阳”了。这种说法太玄乎，我不相信，但老子哲学最推崇“阴”却是事实。我情感上愿意理解为他是在帮无告的人、无实力的人说话的。“阳”就是君，“阴”即是臣，他是帮臣民说话的。这与他的后学韩非子尊君抑臣，帮君主出主意来算计可怜的臣子百姓，是大异其趣了——趣者，趋向也，目的也。

与此对应，他就提出了“柔弱胜刚强”的观点。汉语由于缺少时态虚拟等表达，有些句子搞不清是客观已成之事实的描述，还是仅表达一种愿望。像这“柔弱胜刚强”五个字，是对一种客观必然规律之描述呢，还是仅表达一种可能性呢？是对柔弱者的鼓舞与安慰呢，还是仅表达被压迫的弱者的阿Q式的愿望呢？从他整个的论述看，好像是第一种，但也不排斥后几种。总之这五个字可以说是他人生哲学之纲。

我们看他很自信地宣言：

> 我有三宝，持而保之：一曰慈，二曰俭，三曰不敢为天下先。（六十七章）

当然，《道德经》毕竟是帝王南面之术，比如这地方的“我”，乃是代言体，代表候王说话。但不能否定他这番话的普遍性意义，王公大人的政治哲学往往演变为普通人的人生哲学。后来我们就真的把“不敢为天下先”算作人生三法宝之一了。敢为天下先，才能有足够的自信和创新精神。这种勇气与精神既是一个民族进步的动力,也是个人进步的关键。但老子不要了,这当然与他反对文明进步有关,但最主要的,最真实的想法可能还是怕为天下先要倒霉吧。不敢为天下先,是从险恶的政治和社会环境中滋生出来的充满毒素的智慧呢。我们要注意,这地方是“不敢”而不是“不愿”。这就提示我们问题症结之所在。“不敢”是老子的法宝,是他的经验,这种经验,肯定来自我们民族从“敢”到“不敢”的过程。为什么“不敢”呢?因为:

勇于敢则杀,勇于不敢则活。(七十三章)

“勇敢”这个对一种品性的褒奖词,可能最早即出现于此。但老子的原意恰恰是否定这个“勇敢”的,他好像在推崇“勇于不敢”。“不敢”是懦弱,是畏缩,为什么还要“勇于”才行?因为在很多情况下,“不敢”并不就如“不敢走夜路”“不敢喝凉水”那么简单单纯,而是要在这“不敢”以及随之而来的退缩中失去一些东西,甚至很宝贵的东西。像“不敢讲真话”,“不敢”在关键时刻坚持自我,“不敢”在邪恶猖獗时挺身制止等。在这种时候,“不敢”就需要一种特殊的“勇气”——当懦夫的勇气,昧着良心的勇气,贬低自己的勇气。比如,当小偷当着你的面偷窃别人的钱包,你能不能勇于承受小偷渺视你人格的勇气?如果不能,你就“勇于敢”地制止他;如果能,你就“勇于不敢”地让小偷偷去别人的钱包,也偷去你的尊严,从此以后,你将失去道德上的自我肯定,你的道德自我

这种勇气不要也罢。可换种说法叫作“怯弱”。

肯定的资格也被偷走了。这种损失你可以看得很小,但也可以看得很大,如果看得大,你以后可能不能毫无羞耻地面对自己。想想这种后果,你不需要勇气吗?当然,老子也警告过你另一种后果了:勇于敢,可能要被"杀";"勇于不敢",你可以很安全地"活"着。

苟活。

这个问题我们还可以用逻辑学家墨子的话来说明。《墨经》上说:

> 勇,志之所以敢也。以其敢于是也命之,不以其不敢于彼也害之。

"勇"的前提换了,标准价值也不同了。

勇是人内心中敢于做,由于某人敢于做这件事就可以称他为勇,并不因为他不敢于做另一件事而妨害称之为勇。墨子真是善于辨析,他这里就说得好极了。我们至少可以这么理解:勇敢与不勇敢,相互依存。恰是因为某一方面勇敢,才在另一方面不勇敢。比如一个人敢于承担,则必羞于退缩。反之亦然:正是因为某一方面不勇敢,才在另一方面特勇敢。比如不敢面对邪恶,才特勇于做懦夫与孱头,勇于放弃自尊;不敢"断送老头皮"(东坡诗),才特敢于不要老脸皮。

没有道德感的人是没有道德痛苦的,没有良好的文化熏陶的人往往也就没有文化负担(当然,受过文化熏陶的人中也有不少人更没有文化负担)。这"痛苦",这"负担",是人生的枷锁。但若没有了这种枷锁,那不就成了如孟子所说的"放僻邪侈,无不为己"的恶棍了么?这也可以解释,为什么在中国的文化传统中,得志者往往是小人,成功者往往是庸人这种反常却又普遍的现象。

这生下来就头发花白的老子,到底要教我们什么?就教我们如此下贱如此卑鄙地活着么?

很多人都在这种层面上大骂老子,否定老子。这是完全可以理解的,因为我们不可以像老子所说的那样生活,那样社会就太卑污了,我们自身也太肮脏了。我们不能像老子所说的那样自渎清白。但我在这里要为老子辩护几句,我在上文已经为他的治世哲学作过辩护,此处我还要为他的处世哲学作辩护。这也是我这篇文章的主要目的之一。

辩护一,前面我提到,由于汉语缺乏必要的时态限制和虚拟语气,有些句子我们既可以理解为作者的理论主张,也可以理解为一种客观事实。我们就看刚才分析的句子,“勇于敢则杀,勇于不敢则活”,我们刚才是把它看成老子的理论主张的,看成他的一种提倡;但把它看成一种社会现象的描述不也可以吗?鲁迅说老子时有愤激之辞,我们把它看成是老子对这种颠倒的社会现象的愤激之辞不也可以吗?

我相信,这里老子是一种描述,或者揭露,而不是一种理论,更不是一种信仰。

辩护二,撇开辩护一中的理由不谈,我认为,读老子的著作,重要的不是看他提倡什么,而是看他向我们描述了什么,看他向我们描述的我们的生存状态是多么可怕。

人生哲学一般包含两个内容:首先是对生存状态的研究与描述,然后才是在此生存状态的基础上提出相应的生存态度或生存对策。这里,显然起决定作用的乃是生存状态。对老子哲学,我们应侧重研究他所描述的生存状态,看他所描述的我们这个民族的生存状态是多么可怕。马克思说,中华民族是早熟的儿童,我想,一个民族早熟未必好,烂熟更不好。老子的时代是什么时代?应该是人类的童年时代吧?从野蛮状态走出来才几百年,文字的成熟也才几百年。可他已经是"老子"而不是"孩子"了。浪漫天真的希腊人在地中海那边唱着童谣一般的英雄史诗,在海滨的灿烂阳光下相互炫耀他们健美的体形和膂力。而地球的这一侧,却是苦难重重:什么样的血没流过?什么样的阴谋没有被制造过?什么样的悲剧、闹剧没有上演过?什么样的纯洁没被玷污过?什么样的正义与良心没有被扼杀过?什么样的邪恶与残忍没有猖獗过?什么样的友情没有被利用过?什么样的信义没有被出卖过?什么样的承诺没有被背叛过?老子熟读历史,他的心早就冷了。他知道丑恶是用什么掩盖着的,真善美是用什么名义去扼杀的。鲁迅不也从中国布满"仁义道德"的文字缝中看出"吃人"二字么?

老子听到了历史一片杀伐声。

我以前认为,韩非子是第一个对人性失去信心的人,可后来我发现,韩非的学术高祖老子才是第一个对人性失去信心的人。历史太黑暗了,在阴暗的散发着霉变之气的档案馆里青灯苦读的老子,心灵也不免随之阴暗;现实太邪恶了,饱学博识阅历丰富的老子亦不免随之油滑,甚至狡诈。这是黑暗的历史与现实侵蚀正常的心灵,使心灵亦随之蜕化变质的典型事例。老子《道德经》中朗朗上口的韵文,也可看作变态心理学的典型材料。

可见黑暗之浓重。

颠倒的世界扭曲了思想家的心灵,也扭曲了他的哲学。智慧有两种,世俗的智慧与理性的智慧。反复无常的政客,以及生活中无处不在的智商极高的小

作为哲人的老子,他的智慧还是理性占有更大的比重,所以他没有如世俗之人那样生活。

人，拥有的是世俗的智慧；迂腐的孔子、苏格拉底等人拥有的是理性的智慧。这两种人往往格格不入，这两种智慧也极难融合统一在一个人身上。有理性智慧的人未必有世俗智慧，有世俗智慧的人也往往缺少、渺视理性智慧。而老子却是这两种智慧兼而有之了。是啊，身处不完美的社会，光有理性智慧固然能明哲，但没有世俗智慧又何以保身？

老子的哲学，是夹缝中生存的技术，是盘根错节的社会中游刃有余的智慧，是专制社会中唯一能保护自己肉体存在的法术。其诀窍就是通过压缩主体精神与人格，来取得苟且偷生的空间。一句话，有专制，必有老子思想。正如有专制，必然导致全社会的扭曲与变态。

所以，与其批评老子提倡一种不健康的人生哲学，不如批判老子所描述的那种不健康的生存环境与文化传统；与其喋喋不休地提倡一种“正确”的生活态度，不如先想法建立一种正当的社会秩序，因为，“正确”的生活态度，只有在正当的社会秩序中才能行得通。有了正当的社会秩序，人才能用正当的方法生存于社会。老子“戒多言而时有愤辞”，他在直面惨淡人生，不讲空头大道理上倒可以作我们的榜样。

与前文勾连，进一步揭示老子哲学令人敬爱的原因。

你看他的话：

强梁者不得其死。（四十二章）

这难道不是人类古老而又古老的普遍经验与鲜血常新的教训么？在这个问题上，孔子与老子的见解竟是惊人的一致，这只能说是由于生存状态的相同。在《论语·先进》篇中，一帮弟子侍立在孔子周围。孔子看看刚强的子路，突然无限伤感地说："仲由啊，你总是这么雄赳赳的样子，你将来可能不得好死呵。"就因为子路雄赳赳气昂昂，就判定他不得好死，这难道不是对"强梁者不得其死"的社会感触良深么？而且后来的事实更证明了他预言的正确——或者说证明了"强梁者不得其死"这一般规律的正确——在卫国之乱中，刚强而仗义的子路被人剁为肉酱。还有更好的例子，秦始皇统一天下后，不就是在"坑儒生"（这些"儒生"是思想上的"强梁"）的同时，又"杀豪俊"么？这个例子可以让我们明白，是什么东西造成了"强梁者不得其死"的现状，也提醒我们，在权力至上的社会里，强梁者是不得好死的，权力与强梁是相克的一对，权力需要的是服从，是一致，所以，历代的封建统治者、专制君主是决不讲"优生"的。当然，被压迫者生下来就体力孱弱，智力愚弱，心志卑弱，也就减少了反抗的可能，减少了权力受到挑战的可能，这对统治者而言未尝不是"优生"。为了眼前的权力而出卖民族的未来，这也是一切专制统治的必然选择。

既然"强梁者不得其死"，"柔弱"也就是最佳的处世姿态。为了说明这一点，老子是不厌其烦。我们看他举例：

> 人之生也柔弱，其死也坚强；万物草木之生也柔脆，其死也枯槁……（七十六章）

所以他下面断然道：

> 故坚强者死之徒，柔弱者生之徒。是以兵强

则灭，木强则折。强大处下，柔弱处上。（七十六章）

是啊，坚强的牙齿会脱落，而柔软的舌头将永在。“强大处下，柔弱处上”，这不是典型的颠倒的世界图像吗？

至此，我们大抵明白，文题中的“颠倒”有两层意思：价值的颠倒及这种颠倒造成的心灵、思想的颠倒。

而下面的一段话，更是哲理与诗意融贯一体，如行云流水，既像歌咏，又像叹息：

天下莫柔弱于水，而攻坚强者莫之能胜，以其无以易之。弱之胜强，柔之胜刚，天下莫不知，莫能行。（七十八章）

在中国，北方的文化可以说是“土”的文化，土中含玉，理玉而生理性精神；南方文化是“水”的文化，水势汪洋恣肆，而生浪漫精神。老子虽久处周之柱下，为“土”所围，但其毕竟是南人，内心无时不在“望穿秋水”。这第七十八章，是水的赞歌，又是人生的叹息。天下还有比水更柔弱的么？还有比水更随和而没有个性的么？随物赋形，是其温柔，是其卑弱，但攻坚胜强，舍水其谁?！柔弱的水啊！你“以天下之至柔，驰骋天下之至坚”，你是“无为”的象征，又是“无不为”的典型。

既然柔弱胜刚强，老子更进一步要求人们守住柔弱，而不要追求极盛。月圆而亏，日中而倾，物方生方死。“大曰逝，逝曰远，远曰反”“反者道之动”，世界万物都处在一种循环之中，所以，守住弱，便是守住了发展的生机，而走向鼎盛，则是走向衰败的转捩。所以

“自守”“自损”的目的，是“保持持续的生机”，更应当成为发展、强大的方略。

一旦强大,万不可轻傲,而更要谦恭自守,甚至自损,以保持持续的生机。

四

老子在当时,算老字辈,独学无友,颇寂寞。年轻一代的,如孔子,又大都锋芒毕露,不知“无为”,处处要显身手。道不同,自然难相为谋,但他的最大寂寞还不在此。思想家本身内心就寂寞,而哲学一旦为现实拒绝,其寂寞就无可名状。“吾言甚易知,甚易行。天下莫能知,莫能行。……知我者希,则我者贵。是以圣人被褐而怀玉。”(七十章)于是,这位看破人生的老者,击缶而歌:

众人都兴高采烈,像赴宴,如游春。
而我不显露自己,淡泊宁静。
混沌如婴儿,闲散似无家。
众人富足我穷乏。我是愚人吗?!
人人都风光,唯独我昏茫。
人人都灵巧,我笨头笨脑。
沉静恬淡如大海;
飘逸无系不知止。
众人各自有所得,我独顽冥又陋鄙。
我与众人本不同,
依道而生随道死……

(据二十章译)

这真是长歌当哭,涕泪和流。但这哭,并不是悲痛，而是感动，为自己感动，为寂寞感动，为无所不在地主宰我们的道而感动。这是独自一人领悟世界真谛，独自一人窥见世界本质之后的激动与感恩。弘一大师圆寂之前说他的感受是“悲欣交集”，老子出关之前也应该是这种感受吧。他去了，一去杳然……

“圣人被祸”最根本的原因是“独自一人领悟世界的真谛”，无人能与其分享。我们今天感受到了老子的智慧，多少分享了他的智慧，也就多少减少了他的一点点寂寞。

永恒的乡愁

庄子……著书十余万言，大抵寓言，人物土地皆空无事实，而其文则汪洋辟阖，仪态万方，晚周诸子之作，莫能先也。

——鲁迅《汉文学史纲要》

庄子眼极冷，心肠极热。眼冷，故是非不管；心肠热，故感慨万端。虽知无用，而未能忘情，到底是热肠挂住；虽不能忘情，而终不下手，到底是冷眼看穿。

——胡文英《庄子独见·论略》

一

在比较中展示庄子的“独特”。

比较需要宏富，需要思辨，需要胆略。鲍鹏山先生常以比较“说事”，阅读时多注意。

在先秦士人中，庄子是很独特的一位。我认为当时沸沸扬扬色彩斑斓的文士可分为三类：一类是像苏秦、张仪，唯利禄是求，无什么特操与价值标准，只要有官做，能富贵，既可悬头于梁刺股以锥，也可以朝秦暮楚，卖友求荣。而他们中的走运者最终也进入了实际的政治生活，成为统治者中的一员，合纵连横，权倾朝野，名满天下。《孟子》中载景春对孟子的话说：“公孙衍、张仪难道不确实是大丈夫吗？他们一怒诸侯便恐惧，他们安居不动，天下也就安定无事。”可见他们的显赫与威风。纵约长苏秦“位尊而多金”，风度翩翩地来往于六国之间，身兼六国相任，皮包中装着六国的相印，碰碰撞撞地发出舒心的响声，连他的父母都洒扫而郊迎30里了。一部《战国策》说尽这些人杠杆天下之势。这颇使第二类人如孟子者满腹酸醋。孔墨孟荀等人，有自己的哲学，有自己的价值观，并坚持不放如同身家性命，且还负有一种“有道则出，无道则隐”的气节，故而也就只能常常不得志，常常对诸侯发牢骚，对第一类人吹冷风了。他们暗中羡慕第一类人，却又只能冷眼旁观，眼看着人家把天下闹得动荡不安、沸反盈天又一塌糊涂，而自己的呼声愈来愈被淹没了，愈来愈受诸侯的白眼了，便只好退回房里，把满腔不平和才气都写在竹简上，给后世留下一部部好文章。但以上两类人虽有大区别，亦有大相同，他们都热衷于都市生活，喜欢在人群中出风头、抢镜头。孔子在野外的时间不少，并且也颇受苦难磨炼，但他那辆常由他自己执鞭驾驶的在阡陌间奔驰扬尘的车马，其辙印是直通城市，且直通诸侯的朝堂的；孟子一生足迹不出齐稷下、魏大梁和滕文公的衙门；韩非出身韩国贵公子，更是自小在闹市中厮混；墨子呢，他出身“贱人”，但他也是城市中的手工业者，并且他的主要活动是以城市及诸侯这个背景展开的。另外，这些人还汲汲于从“治于人”变为“治人”，并津津于研究如何“治人”。由此，以上两类人都是“城市文化”的代表，是热闹场中的人物。

而第三类，除了一些在历史典籍中忽隐忽现扑朔迷离的隐者外，有大著作大人格且以大背影遮挡后世的，就只有我现在要写的这位表情古怪的冷嘲大家庄

苏、张只奉行活命哲学。古今熙来攘往者多为此。

孔墨孟荀在坚守中寻求，在寻求中坚守。因此即使在热闹的“城市文化”中也不免落寞。

庄子虽然也落寞，但他对落寞有一种自觉。他是在与城市对峙的乡村自甘落寞。于是，庄子的落寞便有了与孔墨孟荀完全不同的意义。

周先生了。当别人在都市中热闹得沸反盈天、争执得不可开交时，他独自远远地站在野外冷笑，而当有人注意他时，他又背过身去，直走到江湖的迷蒙中去了，让我们只有对着他消逝的方向发呆。他是乡野文化的代表，他的作品充满野味，且有一种湿漉漉的水的韵味，如遍地野花，在晨风中摇曳多姿，仪态万方，神韵天成。如果说孔孟荀韩的著作中多的是社会意象或概念，充斥着令人生厌的礼呀、仁呀、忠恕呀、战争呀、君臣呀的话，那么他的著作中却是令人心脾开张的新世界，一派自然的天籁。这里生活着的是令人无限景仰的大鹏，怒气冲冲的挡车的螳螂，自得其乐的斥鷃，以及在河中喝得肚皮溜圆的鼹鼠，这些自然意象构成了他著作中独特的魅力。他一生没有在大都市里混迹过，官也只做到漆园小吏，大概比现在的乡长还小——并且绝没有贪污索贿。所以他不但没有大宗遗产留给儿孙，便是他自己，也穷得向监河侯借粮。监河侯知道这位庄先生借得起还不起，就巧妙地拒绝了。后来他便只好以打草鞋为生。据他的一位穷同乡——不过后来发了迹——"一悟万乘之主而从车百乘"的曹商的话，当曹商从秦王那里得到一百辆车的赏赐，高尘飞扬地回乡炫耀于庄子时，他见到的庄子已穷得"槁项黄馘"——脖子干枯而皴，面皮削瘦而黄了。不过此时庄子的智慧与幽默还依旧焕发且锐利无比，使得这位曹商先生反显龌龊了。他含蓄而尖刻地讥刺曹商舔了秦王股沟中长脓的痔疮，这种讥刺后来成了中国民间讥嘲拍马者的成语。

庄子的乡野文化特征及其挨饿本色，都是先秦其他学子所没有的。比如孔子，假如他真的"自行束修以上，吾未尝无诲焉”，他也有三千块腊肉了。所以他能“食不厌精，脍不厌细”，肉要切大小相同的正方形，再加上生姜细细炖烂，这才下箸。而且酒量特大，一般是喝不到失态的地步的。孟子呢，带着他的众多门徒在齐宣王那里一面大吃大喝，一面又发“君子远庖厨”以及“万物皆备于我”的既清高又潇洒的言论，齐宣王甚至要给他在国都正中盖别墅，再用万钟谷禄来养他的弟子哩。由此可见，庄子的独特，挨饿本色村夫家相是其一。

不过这里得交代一句，庄子并不是没有城市户口，不愿在城市里做盲流才住乡下的——他本来至少可以到城市开一个鞋店，干干个体经济，说不定还能暴发——庄子之住乡下，乃是他死心塌地的选择。楚王曾派人去请他，说愿意以天下相烦，客气得很，但此时庄子正专心致志地在濮水上钓鱼，眼神直盯着水面上的闲逸的浮子，没有理会这飞黄腾达的机遇，冷冷地把使者打发走了。而他自己像个真正自由的野田之龟，弋尾于涂，虽则不如孔孟煊赫与实惠，却其乐无穷。他的这种心境实在是人类心灵的花朵，永远在乡村野外幽芳独放，一尘不染，诱引着厌倦城市生活的人们。

既然是乡村，就当然有了一种更新鲜的气息。

庄子的第二个独特之处在于，他是先秦诸子中唯一不对帝王说话而对我们这些平常人说话的人。当别人都在对着诸侯不甚耐烦的耳朵喋喋不休地说着如何如何“治人”的时候，庄子转过身来，恳切而激动地告诉我们如何自救与解脱，如何在一片混乱中保持心灵的安宁与清净，如何在丑恶世界中保持住内心的自尊自爱，不为时势左右而无所适从，丧失本性，以及

自我救赎，可能是人类最终的解脱之术。

如何在"无逃乎天地之间"的险恶中"游刃有余"地养生,以尽天年。无疑,他是较为亲切的。吕思勉《先秦学术概论》说庄子哲学"专在破执",可谓一语道破,很多我们执着不放孜孜以求的所谓价值,到底对我们心灵有什么好处呢?"破执"后来是佛教的特色,难怪《庄子》一书被后世的道教徒称为《南华真经》而与佛教抗衡呢。

所"破"何"执"?对时势的专执。遗憾的是,人们往往沉湎于时势而不知有庄周,何谈"破执"?

二

庄子也寂寞。他和名声赫赫的孟轲是同时代人,并且两人还有共同的朋友(比如梁惠王),但孟子的著作中没有提到庄子,庄子也没有提到孟子,可见他与世隔绝得多么严重。我是常常为此感到遗憾的,老子与孔子据说是相见过的,并且有些抵牾,但这两人都不善辩论,没有留下太精彩的对话,一个朴拙深厚,长者风度,言简意赅;一个彬彬有礼,温良谦让,立论中庸。两个平和的人在一起,是不大能有趣味的。但庄子和孟子就不一样了,若他俩能相见,一样的傲慢与偏见,一样的激情浩荡,那该会出现什么样的结果?孟子是当时的辩论高手,这方面名满天下,以"好辩"著称;庄子呢,言语文章汪洋恣肆,一泻千里。况且这两人,一个仗浩然之气,无敌不摧,无坚不克;一个肆诗性智慧,浩浩荡荡,大气包容;一人力拒杨墨,一人终身剽剥孔子之道。这两人若能相见,会在历史的原野上战成甚番气候!会有多少好看的文章传世!

两位伟人擦肩而过,都没有发现对方。这就是伟人的独立性?

哲学乃是智慧的对话或碰撞。当代两位最了不起的哲学家却如此隔膜,实在叫人费解。梁惠王被李

功利与诗性何谈统一?

赞贬讽，说其资质太差，我看真有这么回事，不然，他怎么不知道引见孟庄两位呢？

庄子一生中，唯一的朋友是惠施，这两人中间有不少争论。总的来说，惠施现实，讲实证，恪守物我界限；庄子玄想，讲悟性，力主物我贯通。因此，惠施讽刺说庄子的言论大而无当，所以为人所弃；庄子反唇相讥，说惠子被茅塞堵心，不知天外有天，固执无知。这两人生前有猜疑，并不十分友好，惠子疑心庄子要抢他相位，庄子则刻薄地说惠子是视腐鼠为美餐的鸥鹰。但惠子死后，庄子却十分悲伤，在惠子墓前唏嘘难禁，以“郢人失质”为喻，痛吊这位老对手。因为除惠子外，再无人与他辩论阐发了。这也可见他当时的寂寞心境。

虽说“人生得一知己足矣”，但惠子死了，庄子更寂寞。

另外，如果不怕别人指我为偏激的话，我还认为，在先秦诸子中，就其著作所讨论的范围和深度而言，真能称得上为哲学著作的，除了《老子》，也只有《庄子》了。试平心想一想，《孟子》中除了论“人性”的几节有哲学意味外，其他的不都是在谈政治甚至政策吗？

三

毫无疑问，先秦诸子中，庄子最有魅力。当庄周先生对炙手可热的暴发户们——他当着梁惠王的面直指为“昏君乱相”——投以轻蔑的一哂，并把他的超人的智慧转向对人的生存状态的研究时，他就魅力无穷了。他给我们指出了人生中的无数尴尬，“无逃乎天地之间”的窘迫以及我们心智上的种种迷障，我们在他的嘲弄面前面红耳赤却又处处豁然。当他唱着“迷阳迷阳，无伤吾行，吾行郗曲，无伤吾足”（带刺的迷阳草呵迷阳草，不要挡住我的路，不要伤了我的脚，我已经在绕着弯儿走了）时，我们会马上想到自身常有的人生触觉——而这时，他简直就是我们的知心了！他知道我们的怨怒以及求和而不能的委屈，他的魅力真正地动人肺腑。我总觉得，虽然《论语》中有孔子的形象，《孟子》中有孟轲的形象，但都不及《庄子》中庄子的形象来得有魅力——坦率地承认，我最尊敬孔子，最同情韩非子，但我最热爱庄子。我曾说庄子是表情古怪的，这是因为我无法想象他的形象。孔子似乎是一贯严正而间或幽默的，孟子是气势汹汹咄咄逼人的，韩非子是怀才不遇冷峻孤单的。但庄子呢，他的表情太丰富了，一会儿是尖锐无比的人生解剖师，一会儿又是沉湎往事的诗人，一会儿是濮水上的泛舟者、闲钓者，一会儿又是土屋前困坐无聊的穷汉；有时他去远游，有时他又安坐家中洋洋洒洒地记录着他的思想——我们确实无法界定他的形象，他太丰富，太浪漫，太抒情，太不拘一格，或者说，有时他太出格。同时他又行踪不定。我们可以对孔子的行踪了如指掌，孟子、韩非子也一样，我们知道他们在哪里求学，然后又在哪里求用，我们知道去什么地方找他们或等他们。但对庄子，我们只有张皇四顾，不知道他从哪里来，又到哪里去了。从江湖上传来的他的消息总是云遮雾障，且他是一个充满去意的人，谁知道他什么时候像老子一样一去渺然呢……

注意三个“最”后面的动词。

庄子形象的丰富性，正是其魅力所在。

丰富的深层因由。

我寻求庄子魅力的秘密已有多年，现在我愈加坚定自己的信念。我认为，庄子的魅力就在于他的激情与超脱，两者奇迹般地融合在一起，大凡一般人在激情与超脱之间只能取其一，并已显难得，而庄子却能熔铸而兼之——从超脱上讲，没有人能像庄子那样藐视一切，漠视一切，高高在上地俯视一切并嗤之以鼻，当这种时候，他站在世界的对面打量着，打量着这个庞大丰富的对手，但他最终发现这个世界微不足道如草芥，虚张声势如小丑，于是他背身就走了，深愧来到这里。这时，他的灵魂确实已飘然远去，去了那“无何有之乡”，只有他憔悴的身影仍在人间伶仃而孤傲，如夏天的最后一朵玫瑰。但是，他又能在如此超脱与轻蔑时，表现出充沛的激情而无一丝的尖酸（试问谁能做到这一点？）——因此，同样的，没有谁能像他那样热爱一切，充满激情地对我们谈论一切了！他使万物都具有了灵性，或者说具备了感动人心的诗性，他使鬼魂、神灵以及种种动物、植物甚至土偶桃梗都栩栩如生地对我们说话——他简直就是点化万物的巫卜！他在蔑视与摒弃这个世界时，又使这个世界如此的生机勃勃，意趣盎然，充满诗性光辉！于是我们感到，他与这个世界做了最长久的厮守，故而有了最绵缈的缠绵！这时，我们看到他对这个世界像对待一个久已失去昔日风采的旧恋人，那种既恼又怜且遮掩的丰富神情简直使我无所适从。在极端的蔑视里有极端细致的体察与回忆，在极端的怜惜里有极端的失望与无奈。这当然归源于庄子超人的理智与心灵：他的理智时刻像哲人那样清醒，如蛇行草上，不黏不滞，寒气渗透又敏锐无比；他的心灵却无时不像诗人那样沉醉，如鸽立檐间，不怨不怒，怜悯四溢而柔情万种。他当众把一切都掷在脚下，作践给我们看，并遏止不

写激情当然得富有激情。这一段偶句恣肆宏富，情感饱满。

住地冷笑;而当众人散去,他又收拾起这一切,把它们拥在胸前,独自失声痛哭。他不就是这样恣肆怪诞、汪洋浪漫吗?一路挥洒着他的天才、激情与痛苦,在那个受了伤的时代,还有谁比他抚摸伤口的姿势更令人难以忘怀呢?还有谁的著作像他那样,纯是一片弥漫开去的天才、激情甚至热血呢?

所以,别人写文章是为了哲学,为了政治,为了争辩甚或为了富贵,庄子写文章似乎只为了打发他的天才,打发一个天才谪居混乱流血的人间时的那种无聊漫长的时光。对人间苦难的深重怜悯压迫着他,使他不得不对人间有所作为、有所供奉。虽然他充满去意并且认定人间只是短暂的逆旅。才华是人生之累,它往往带给人双重压迫。首先,越趋近天才,便愈能感觉到天人之际的悲哀,这种形而上的悲哀是致命的毒液,并无人间的良药可解,"天乎!人乎!""人不胜天久矣!"庄子曾这样感喟,可见他曾如何地挣扎解脱而又终于认命。同时,在险恶的人生中,才华还会引起像忌妒、排挤等的无聊至极的陷害。只要这个社会以平庸为平衡,那么这种厄运便永不可免。庄子是个体经营,又独居乡野,不与人争权夺利,用韩愈的话说,是属于"疏远又不与同其利者",所以他倒不怕这些。但他身处乱世,深知"山木自寇,膏火自煎"的道理,况他木秀于林,总能预先感受到一些不祥的风声,所以他说他要处于"才与不才之间",这是在险恶中生出的智慧。但也更需要能在刀丛中赤足跳舞的技巧。他于学无所不窥,但真正令人无法望其项背的是他的汪洋天才。我有时在陇海线上驰过河南商丘地段时,在车窗中望着这一片近乎贫瘠的土地,是常常讶然这片土

才华只有同人间之痛相连,才会闪耀不灭之光。

地的内在生育力的。或许她贡献出一个庄周时已倾尽地力了,才显得如此寒碜?但我相信,庄子已使这片土地神秘而神圣,无上光荣。

商丘的庄周把他得之于造化的天才及痛苦转化为汹涌而出的智慧。庄子的见解与其说是知识、哲理或逻辑,毋宁说是智慧,是层出不穷的智慧。这种真哲人的气质令我心仪不已。真的哲人,大智慧的人,在面对世界时是并不吃力的,相反,倒是轻松自如,得心应手。谁能像他那样用微笑来面对丑恶?而这微笑,只是轻微的一丝,不易察觉地掠过他的脸,便如炎阳照雪,那些丑陋便悄然融化,而那些涂抹得完美厚实的凶恶,也就狼狈地原形毕露了。我仅举一例。我们知道他是反对战争的,这种兼并而致的统一往往不过是统治者的权欲而已,人民并不认为只要统一,宁愿生活在像嬴政那样的暴政之下。但庄子对此并不像墨子那样辛苦而急切,也不像孟子那样愤怒而失态,他只微微一笑,给人们说了一个故事,显出大智慧在面对丑恶世界时所能有的从容与最使人忍俊不禁的平淡。他说:“你们知道那寸许长短的迟缓、丑陋、肮脏的蜗牛吗?别看它微不足道,它身上寄生着很认真的寸土不让的生灵呢。有一个在蜗牛左角立国的国家,叫触氏;一个在蜗牛右角立国的国家,叫蛮氏。这两国有一天为了争夺土地而发生了大规模的战争,战争的结果是伏尸百万,战胜的一方追逐失败的一方,竟旬又5日而后返,整整15天才回来!”——还有比这更让人辛辣难忍的幽默吗?还有比这更高明的寸金杀人的技巧吗?他经常踟蹰乡野,在田坎、水堤以及湿漉漉的树林里颇有兴趣地研究各种小东西,跳的,蹦

微笑的力量!幽默的力量!智慧的力量!

的，爬的，蠕动的，有足的，无足的，观察仔细，极度耐心，孜孜不倦。欢欢喜喜如一个老顽童，而他研究这类小东西的执着认真煞有介事却不亚于孔孟之研究君王大臣。他当然知道什么是蜗牛，他更知道微观世界与宏观世界的辩证关系，他实际上是充满恶意地把人间的价值、利益等掷到那黏糊糊的蜗牛角上了！然后，像所有导演恶作剧的孩子一样，得意洋洋地看着别人出丑卖乖，他不动声色地袖手旁观，有时又掩口而笑。我由此领悟，真的高手击败对手不过是微微一笑！但这种挟泰山以超北海的雍容气度又岂是常人所能具有的呢？

四

织草鞋的庄周神情枯淡，不疾不徐。但我相信他此时的精神正在那九万里的高空，青天在背，人世在俯。他是江湖上人，他就从水中孕育出那超越尘埃的大鸟，横空绝世，惊世骇俗。逍遥而游的大鹏在九万里高空独来独往，那种俯视人生之态势，莫之夭阏之洒脱，那份孤独与骄傲，确实让儒家所蝇营狗苟的功名利禄黯然失色。我是常常能感受到儒家强作的严正在庄子的略带滑稽的微笑面前的尴尬与不安的。儒家坐稳了国教的高椅，用铁的原则规范所有的行为甚至思想，煊赫威严，神圣难犯。但它难免芒刺在背：一个杀手在野外游荡着，并且以超出的智慧，使它束手无策。

我不能避开庄子的人格不谈。在先秦，我认为主要有六种人格理想：孔子的圣人人格，温良恭俭让，望之俨然，即之也温，听其言也厉。申申如也，夭夭如也；

除杨朱外，都因难能而可贵。

墨子的苦行侠人格，赴汤蹈火，摩顶放踵，利天下而为之；杨朱的贵我人格，绝对自我，拔一毛而利天下，不为也；孟子的大丈夫人格，锋芒毕露，正义在胸；荀子的君子式人格，平和公正，循规蹈矩；再一种便是庄子式的人格了：独来独往，不吝去留，若垂天之云，悠悠往来聚散，在一种远离的姿态中显出格外的美丽与洒脱。虽然后来荀子式的人格遍布天下，那种带有老人和妇人特征的思维方式及性格几成民族性格，我依然敬仰墨子尊重杨朱，佩服孟轲而心仪庄周。没有人愿意为天下自苦如墨子，也没有人敢于为个人自私如杨朱，更没有人敢在专制的社会里学孟夫子，学庄子的遁世无闷也极难。正因为这样，他们才显得凤毛麟角，才显出大勇气，大人格，大精神。这里不谈别人，只谈庄周，当庄子唱着“一而不党”的调子从我们身边掉臂而过时，我们不能不感到“于我心有戚戚焉”。他是在瓦解铁板一块举手措足都强求一律的政治。况且我们在人群之中感到多少孔子所津津乐道的“恕”了呢？孔孟都讲德、行，但这种建立在人群中的德、行，不是往往“事修而谤兴，德高而毁来”（韩愈语）吗？不是有很多人为他的高尚的道德而付出代价，更有一些人又大获其卑鄙的好处吗？我倒并不是反对人群，但人群中如不给个人以选择自己行为与思想的自由，这人群就不值得留恋，还不如“一而不党”，没麻烦。孔子讲“己欲达而达人，己欲立而立人”“己所不欲，勿施于人”，这里面包含着一个很重要的潜台词，那就是他认为人性是一致的，有共同的趋骛与规避，因而也就可能有一种大家共同接受的标准原则来统一人们的追求和幸福感。于是“礼”就出现了，它既像它所许诺的那

“由己及人”可以正面理解，也可以反面理解。从正面理解是推善向善，从反面理解是推恶向恶。鲍先生是从反面理解的。鲍先生的理解或许是从一个极端走向了另一个极端。

样，是对人群幸福的保障，也是对异端进行起诉和惩罚的根据。这便使得儒家文化有一种根深蒂固的专制意味。庄子呢？他对此冷笑：怎么能断定你厌恶的不正好是我希求的呢？怎么能断定你希求的不正好是我厌恶的呢？我与你既然是不同的个体，为什么不能有不同的个性与趣味呢？为什么不能有不同的思想与志向呢？凭什么一定要统一它们呢？统一它们到底是为了谁的利益呢？有足够的道德依据吗？天下有不易的人人喜爱的"正味""正色""正处"吗？在《齐物论》中，他证明的就是万物的差异性与不完美性，从而论证世间万物的平等并存关系，否定了儒家的"礼"。他真是个专制政治与专制思想的死对头，又是难以制服的对手，他游荡江湖，我行我素，独持偏见，一意孤行，在历史的擂台上飘然落定，使腐儒不寒而栗。

如果儒家坚持要求个人削平个性，适应社会，认为完美的个性就是无我地奉献给社会；那么庄子则要求社会适应个人，他坚定不移地认为，假如一个社会是道德的、合理的、正义的，是生机勃勃的而不是僵死的，那么这个社会就必须尽可能地为个体提供自由与发展的条件。同样，个体能否感到自由与幸福，能否有充分的权利表明自己的思想与意愿而不受到暴虐，是这个社会存在的最终道德历史依据。庄子就在他乡下的土屋中一厢情愿地充满理想主义色彩地炮制出这一套反对"城市规则"的纲领，他是自由个体经营者，当然反对井田制，未开阡陌之前的随意种植与收获很合他的心意。但他的这些天才的漫无王法的纲领，使得宣布"普天之下，莫非王土；率土之滨，莫非王臣"的专制君王大为气馁与不安，也使得儒家的卫道

面对社会存在的"最终道德历史依据"的审问，每个有良知的当政者都不应回避。

者们在历史的每一时期都对此劳神竭虑又无可奈何，甚至在开明的唐朝，不也有韩愈反对他么？要求“文以载道”并且不惮为师以便“传道授业解惑”的韩老师，在排斥佛老时的专制面孔以及那种真理在握的自我感觉就很让人反感。

五

但是，庄子留恋的已经失去，他所向往的又迟迟不能到来。诺瓦利斯说，哲学就是怀着永恒的乡愁寻找家园。从庄子那里，我们知道了这种致命的乡愁与致命的寻找，他的哲学就是对失去的家园的怀念。而他自已，也在时时眺望着故乡，计算着回归的日子。人间的世界不过是逆旅，而这世界又是多么的贫乏、混乱，无诗意无色彩呵！所以，当他的老妻死了时，他击缶而歌，送她回到“故乡”。现在，寄寓土屋的旅人只他一个了，他可能更加自由，但也更加无聊与落拓了。“而已反其真，而我犹为人猗”(你已返回故乡了，而我还要寄寓人形之内，在这人间羁旅呵)——这孟子反、子琴张二人在朋友子桑户灵前的悲歌，就是庄子对人间满怀倦意的流露。“予恶乎知说生之非惑邪！予恶乎知恶死之非弱丧而不知归者邪！”(我怎么能知道悦生不是一种迷惑呢？我怎么能知道恶死不是就像顽童离家不知归去一样呢！)

庄子疲倦了，他已经不胜乡愁了。对着永恒消失的故乡，他只能对着落日唱着永恒的恋歌，不再希冀安居；对着被眼泪和血充满的历史之河，他长歌当哭，这是怎样的忧伤绝伦的调子呵。他唱着，掉头不顾了。他一生都浪迹在帝王们找不到他的江湖上，在流浪结束的时候，他走向了永恒，走进了我们代代血脉相传的记忆。是的，他大树常青，永垂不朽，而他的思想则正如他自己的话所说："薪尽火传，不知其尽。"

不得回故乡，于是有了乡愁。庄子的故乡在哪里？那是他追求绝对自由的思想、超然物外的自由空间。只是已身为人形，就没有了绝对自由的思想与空间，庄子也就只能永远在路上，不可能真正回归故里。于是，他的乡愁永不可排解了。庄子寻找故乡的苦痛已沉潜进我们民族的血液中，也可以说沉潜进了整个人类的生活中。于是，这种苦痛变成了永恒，除非人类不复存在。

人在江湖

中国出世之说，至此乃始圆备。

——鲁迅《汉文学史纲要》

庄周……以谬悠之说，荒唐之言，无端崖之辞，时恣纵而不傥，不以觭见之也。以天下为沉浊，不可与庄语……独与天地精神往来。……

——庄子《天下》

一

往昔有人，名曰庄周。周之奇不知其所以然也。化而为书，名曰《庄子》，书之妙不知其所以然也。是书也出于意想之外，而游于溟悻之初。吾乌乎读之？句与为句乎？字与为字乎？庸讵知吾之所谓句即《庄》之所谓句，吾之所谓字即《庄》之所谓字邪？文与为文乎？义与为义乎？庸讵知吾之所谓文即《庄》之所谓文，吾之所谓义即《庄》之所谓义耶？

以上这段仿庄子的文字，乃是清代学者张潮读庄周时读出的感受。（《读庄子法小引》）我看得出来，张潮先生读庄子是到了这样的境地了：爱不释手却又终难释义，不能释义却又终于不能释怀。古往今来，不知多少人像涨潮一样，被庄子弄得进退两难，无所适从。

> 读庄子的人，定知道那是多层的愉快。你正在惊异那思想的奇警，在那踌躇的当儿，忽然又发觉一件事，你问那精微奥妙的思想何以竟有那样凑巧的、曲达圆妙的辞句来表现它，你更惊异，再定神一看，又不知道那(哪)是思想那(哪)是文字了，也许什么也不是，而是经过化合作用的第三种东西。(闻一多《古典新义·庄子》)

庄子的魅力很多时候是出人意料的，因为江湖美景总是层出不穷。

当一种美，美得让我们无所适从时，我们就会意识到自身的局限。“山阴道上，目不暇接”之时，我们不就能体验到我们渺小的心智与有限的感官无福消受这天赐的过多福祉么？读庄子，我们也往往被庄子播弄得手足无措，有时只好手之舞之，足之蹈之。除此，我们还有什么方式来表达我们内心的感动？这位“天仙才子”(李鼎语)，他幻化无方，意在尘外，鬼话连篇，奇怪迭出。他总在一些地方吓着我们，让我们充斥经验、知识以及无数俗念的心灵惴惴不安，惊诧莫名。而等我们惊魂甫定，便会发现，呈现在我们面前的，是朝暾夕月，落崖惊风。我们的视界为之一开，我们的俗情为之一扫。同时，他永远有着我们不懂的地方，山重水复，柳暗花明；永远有着我们不曾涉及的境界，仰之弥高，钻之弥坚。造化钟神秀，造化把何等样的神秀聚集在这个“槁项黄馘”的哲人身上啊？

二

庄子钓于濮水。楚王使大夫二人往先焉。曰:“愿以境内累矣。”

先秦诸子,谁不想做官?“一朝权在手,便把令来行。”“在其位,谋其政。”“君子之仕,行其义也。”谁不想通过世俗的权力,来杠杆天下,实现自己的乌托邦之梦?庄子的机会来了,但庄子的心已冷了。这是一个有趣的情景:一边是濮水边心如澄澈秋水身如不系之舟的庄周先生,一边是身负楚王使命恭敬不怠颠沛以之的二大夫。两边谁更能享受生命的真乐趣?这可能是一个永远聚讼不已不能有统一志趣的话题。对幸福的理解太多样了。我的看法是,庄周们一定能掂出各级官僚们“威福”的分量,而大小官僚们永远不可能理解庄周们“闲福”对真正人生的意义。这有关对“自由”的价值评价。这也是一个似曾相识的情景——它使我们一下子就想到了距庄子700多年前渭水边上发生的一幕:80多岁的姜太公用直钩钓鱼,用意却在钓文王。他成功了。而比姜太公年轻得多的庄子(他死时也只有60来岁),此时是真心真意地在钓鱼。且可能毫无诗意——他可能真的需要一条鱼来充实他的辘辘饥肠。庄子此时面临着双重诱惑:他的前面是清波粼粼的濮水以及水中从容不迫的游鱼,他的背后则是楚国的相位——楚威王要把境内的国事交给他了。大概楚威王也知道庄子的脾气,所以用了一个“累”字,只是庄子要不要这种“累”?多少

这是庙堂与江湖的对决。最终江湖赢了。我以为这是人类的大寓言。

人在这种累赘中体味到权力给人的充实感成就感？这是生命中不能承受之“重”。

庄子持竿不顾。

好一个“不顾”！濮水的清波吸引了他，他无暇回头看身后的权势。他那么不经意地推掉了在俗人看来千载难逢的发达机遇。他把这看成了无聊的打扰。如果他学许由，他该跳进濮水洗洗他干皱的耳朵了。大约怕惊走了在鱼钩边游荡试探的鱼，他没有这么做。从而也没有让这二位风尘仆仆的大夫太难堪。他只问了两位衣着锦绣的大夫一个似乎毫不相关的问题：楚国水田里的乌龟，它们是愿意到楚王那里，让楚王用精致的竹箱装着它，用丝绸的巾饰覆盖它，珍藏在宗庙里，用死来换取“留骨而贵”呢，还是愿意拖着尾巴在泥水里自由自在地活着呢？二位大夫此时倒很有一点正常人的心智，回答说：“宁愿拖着尾巴在泥水中活着。”

庄子曰：“往矣，吾将曳尾于涂中。”

每一个心智健全的人都会做出和庄子一样的选择。无人能做出这样的选择，只能说人们都病了，且病得不轻。

你们走吧！我也是这样选择的。这则记载在《秋水》篇中的故事（司马迁在《史记》中复述了这个故事，文字略有出入），不知会让多少人暗自惭愧汗颜。这是由超凡绝俗的大智慧中生长出来的清洁的精神，又由这种清洁的精神滋养出拒绝诱惑的惊人内力。当然，我们不能以此悬的，来要求心智不高内力不坚的芸芸众生，但我仍很高兴能看到在中国古代文人中有这样一个拒绝权势媒聘，坚决不合作的例子。是的，在一个文化屈从权势的文化传统中，庄子是一棵孤独的树，是一棵孤独地在深夜看守心灵月亮的树。当我们都在大黑夜里昧昧昏睡时，月亮为什么没有丢失？就是因为有了这样一两棵在清风夜唳的夜中独自看守月亮的树。

一轮孤月之下一株孤独的树，这是一种不可企及的妩媚。

三

庄子就这样带着他特有的神秘莫测的微笑，从俗人的世界中掉转了头。有人说，庄子到自然中去了，到江湖中去了。但若我们再细心一点，我们会发现，庄子的自然是神性的自然，而不是后来山水田园诗人们的人性的自然。他的自然，充满灵性，充满神性，充满诗性，超绝而神秘，清凉而温柔，它离俗人世界那么远，而离世界的核心那么近。用现代哲学的话说，他走进"存在"了。语言是存在的家。这话说得真是太好了。在庄子的语辞密林里，"存在"如同一只小鸟，在里面做巢。在上一篇里，我说庄子是在永恒的乡愁中追寻着"家园"。追寻就是构筑。庄子用他的"无端崖之辞""荒唐之言""谬悠之说"构筑着家园。这是一个天仙被贬谪到无聊混乱人间后对理念世界模糊记忆的追踪。虽然无奈，但仍执着，在固执的回忆中，他把头脑中模模糊糊影影绰绰的理念世界幻象捕捉到文字中。这是在我们意料之外的另一个世界，这里云山苍苍，天风荡荡，处子绰约，婴儿无邪。在这里活动

远离庙堂，走进江湖，构筑精神江湖。庄子以弃绝尖俗的决然姿态，构筑起了略显神秘的精神城堡，具有通行证的人方能进入。这张通行证就是"人格之圣"。

的都是一些“大有径庭,不近人情”的高人,这是一些身上的尘垢糠秕都能陶铸出尧舜的高人:

> 藐姑射之山,有神人居焉。肌肤若冰雪,绰约若处子。不食五谷,吸风饮露。乘云气,御飞龙,而游乎四海之外……之人也,将磅礴万物以为一……之人也,物莫之伤,大浸稽天而不溺;大旱金石流、土山焦而不热。(《逍遥游》)
>
> 圣人之生也天行,其死也物化。静而与阴同德,动而与阳同波。……无天灾,无物累,无人非,无鬼责。其生若浮,其死若休……其寝不梦,其觉无忧。其神纯粹,其魂不罢(疲),虚无恬淡,乃合天德。(《刻意》)

“礼乐囚姬旦,诗书缚孔丘”(王绩诗),可能囚缚得住这些人?儒家的“圣人”是人伦之圣。庄子的“圣人”则是人格之圣。这是冲决一切束缚的人生,这是莫之夭阏的人格。这是一个无情的世界,又是一个大情大义的世界。这些人超凡脱俗,这些人又激情满怀。他们或击缶而歌,或凭几而嘘,或形为槁木,或心如死灰,有时踌躇满志洋洋四顾,有时或歌或哭不任其声,有时南首而卧为高士,有时却又拊脾雀跃做顽童。“不失其性命之情”(《骈拇》),“恢恢乎其于游刃必有余地矣”(《养生主》)。他们“无不忘也,无不有也,澹然无极而众美从之”(《刻意》),“天地与我并生,万物与我为一”(《齐物论》),他们“乘天地之正,御六气之辨,以游无穷”(《逍遥游》),他们如此远离我们,却又如此吸引我们!他们那么无情,却又那么富于激情;他们那么丑陋其形,却又那么美妙其神。他们对人间那么不屑,却又那么富于同情心,对人世间存有那么多的怜悯——一部《庄子》,一言以蔽之,就是对人类的怜悯!庄子似因无情而坚强,实则因最多情而最虚弱!庄子是人类最脆弱的心灵,最温柔的心灵,最敏感因而也最易受到伤害的心灵……

进入庄子的城堡,你就能触摸到庄子生命中最温柔的部分。

四

胡文英这样说庄子:

> 庄子眼极冷,心肠极热。眼冷,故是非不管;心肠热,故感慨万端。虽知无用,而未能忘情,到底是热肠挂住;虽不能忘情,而终不下手,到底是冷眼看穿。

这是庄子自己的"哲学困境"。此时的庄子,徘徊两间,在内心的矛盾中作困兽之斗。他自己管不住自己,自己被自己纠缠而无计脱身,自己对自己无所适从无可奈何。他有蛇的冷酷犀利,更有鸽子的温柔宽仁。对人世间的种种荒唐与罪恶,他自知不能用书生的秃笔来与之叫阵,只好冷眼相看,但终于耿耿而不能释怀,于是,随着诸侯们剑锋的残忍到极致,他的笔锋也就荒唐到极致;因着世界黑暗到了极致,他的态度也就偏激到极致。天下污浊,不能用庄重正派的语言与之对话,只好以谬悠之说,荒唐之言,无端崖之辞来与之周旋。他好像在和这个世界比谁更无赖，谁更无理，谁更无情，谁更无聊，谁更无所顾忌，谁更无所关爱，谁更赤条条来去无牵挂，从而谁更能破罐子破摔。只是，我们谁看不出他满纸荒唐言中的一把辛酸泪？对这种充满血泪的怪诞与孤傲，我们又怎能不悚然面对、肃然起敬、油然生爱？

鲁迅先生曾说，孔夫子是中国的权势者们捧起来的。科举制度后，孔孟之道是应付考试的必读书，是敲开富贵之门的敲门砖。而老庄哲学则全凭庄子的个性魅力（如前文所说，此魅力包括庄子的魅力与《庄子》的魅力）吸引着一代又一代的士子们，并经过他们，进入我们民族记忆的核心。可以说，孔孟之道是朝廷的，老庄哲学是民间的。民间的庄子构成了我们民族心理中最底层的基石。所以鲁迅先生又说，研究中国人，从道家这一角度去考察，就较为了然。林语堂先生也说，街头两个孩子打架，拳头硬的是儒家，拳头软的是道家。我们说若朝廷是拳头硬的，民间不就是拳头软的么？古代那些温习功课准备科考的士子们，他们桌子上摆着"四书五经"之类的高头讲章，但若我们去翻翻他们枕头底下，一定是放着一本《庄子》。有庄子垫底，他们的心里踏实多了。考中的，便高谈阔论高视阔步地去治国平天下，做儒家；考不中的，回到陋室，凄凄凉凉，头枕庄子，做一回化蝶之梦，或南柯之梦，也是一剂镇痛良方。而梦醒之后，悟出"世事庄周蝴蝶梦"，齐贵贱，等生死，则眼前无处不是四通八达的康庄大道，身旁无处不是周行不殆的造化之机——庄周庄周，本即是康庄大道周行不殆之意也！

可否说，相对于孔孟的实际事功，庄子的务虚更接近人的本质。人穷则反本。当一个人穷途末路时，就"原形毕露"，蜕去事功的外衣，取一种绝对的精神自由。所以，与其说庄子哲学构成民族心理最底层的基石，不如说庄子哲学本身就是人类精神最本质的哲学体现。普通人总是被世事牵绊，不能进入纯粹的务虚境界，必难得真正的精神自由。

单元链接

《老子》《庄子》历来都是中学语文关注的对象。《老子》的第二章、第八章、第七十六章、第七十八章和《庄子》的《逍遥游》《养生主》《秋水》等篇章,都被中学语文课本收入过。《颠倒的世界与哲学》的第三节、《人在江湖》的第三节,分别论及这些篇章,可参照阅读。

有兴趣的同学可以阅读下列有关老庄研究的专著:任继愈《老子绎读》(国家图书馆出版社 2015 年版),陈鼓应《老子注译及评介(修订增补本)》(中华书局 2009 年版)和《老子今注今译》(商务印书馆 2003 年版),曹础基《庄子浅注》(中华书局 2007 年版修订本),叶舒宪《庄子的文化解析》(陕西人民出版社 2005 年版)。

第二单元
DI ER DAN YUAN

不读孔孟是不能说你读过书的，不读孔孟是不能真正认识你自己的，因为你的文化血脉多半是孔孟之血脉。

《黑暗王国里的残烛》《王者师与大丈夫》用现代的眼光引领你观照古老的孔孟及其文化血脉，在认识中反省自我，在反省中认识自我，使你逐步看清自己的“本来面目”。真是不看不知道，一看吓一跳！我们原来如此……

黑暗王国里的残烛

儒家者流，盖出于司徒之官，助人君顺阴阳明教化者也。游文于六经之中，留意于仁义之际，祖述尧舜，宪章文武，宗师仲尼，以重其言，于道最为高。

——《汉书·艺文志》

士不可不弘毅，任重而道远。仁以为己任，不亦重乎！死而后已，不亦远乎！

——曾参

一

孔子的长相颇怪，“生而圩顶”。就是说，他天生的脑袋畸形，头顶上中间低，四周高，司马贞说，其形状恰如倒过来的屋顶。名之曰丘，固当。不知命相学家是如何解释的。这种头顶是否暗示着承受天地之甘露阳光？孔子自学而成大才，其天赋必然很高。而其身长亦不凡，“九尺有六寸”，这在那时可以说是“硕人”了，“人皆谓之长人而异之”，人人都说他是长人，感到惊异。真正的一个齐鲁大汉。不过，这个“长人”的身影也确实够长了——长到遮蔽了整个民族漫长的历史，一个民族都一直顺着他的倒影前行两千多年

无法想象，没有孔子我们这个民族将会怎样？孔子，将与中华民族共存，与人类共存。外国人不读孔子，就不识中国人；中国人不读孔子，就不能认识自己。

了，我们何时才能走出这漫漫的阴影呢？

据司马迁和《孔子家语》的记载，孔子乃是商汤的后代。那个有名的"仁义之师"的统帅宋襄公，便是他的十一世祖——难怪他也像宋襄公那样泥古不化，自讨苦吃。用古老的仁义道德去对付现世的流氓强盗，这也是他家族的祖传秘诀吧，只可惜常常不灵。到孔子的六世祖孔父嘉，"五世亲尽，别为公族"，不再属王族，姓也成了"孔"。后来孔父嘉又为人所逼而奔鲁。所以孔子确实是一位"没落贵族"。到他父亲叔梁纥，便是连人丁也很寥落了：正妻连生九女，一妾生子叫孟皮，却又是个跛子。年近70的叔梁纥大概非常绝望了。但他还要作最后的努力，于是便向颜氏求婚，颜氏少女颜征"从父命"而嫁给了古稀之年的叔梁纥。所以，司马迁说这是"野合"，"野"与"礼"相对，夫妻双方年龄差别太大，不合周礼，所以这婚姻不是"礼合"，而是"野合"。"野合而生孔子"——这实在太有意味了，为什么呢？孔子终其一生都在为"礼坏乐崩"而头疼，而愤怒，而奔走呼号，要人们"克己复礼"，孰料他本人即是个不合礼的产儿呢。如果他的那位老父亲真的克制自己来恢复周礼，可就没有孔子了。真玄哪。要知道，这不合"礼"的产儿，竟是他们这古老家族之链上最辉煌的一环，也是我们这古老民族历史上最辉煌的人物啊！

表面看，不合规则出招，是为了出奇制胜。实际上出奇制胜是对规则的修订。历史常常如此。

宋人说，"天不生仲尼，万古长如夜"。好抬杠的李贽就此讽刺道，怪不得孔子出生之前，人们都点着蜡烛走路。我想，话不能这么说，也不是这么说的。我觉得，孔子确实是悬挂在那个遥远古世纪的一盏明灯，他使我们对那个遥远的时代不再觉得晦暗和神秘，他使那时代的人与后代乃至于我们沟通了。我们由他知道，即便在那么一个洪荒时代，也是有阳光普照着而万物不择手段地生机勃勃。那时代也发生着我们今天一样的事情：暴力和弱者的呻吟；混乱和宁静的企望；束缚与挣扎；阴谋与流血；理想碰了钉子；天真遇见邪恶；友情温暖，世态炎凉。在他手订的《诗经》中，我们甚至可以体验到最个性的感受——当那些面孔不一情性各异的个人复活时，那个时代不也就复活了吗？

孔子生活的时代也真像他所说的，确实是混乱无道。他为之伤心不已：辉煌的“郁郁乎文哉”的周王朝已是日薄西山，伟大的周公早已英魂远逝，他制定的“礼”“乐”也土崩瓦解。“弑君三十六，亡国五十二”，到处都是乱臣贼子，且个个生龙活虎。西周古都废墟上的青草与野黍也一茬一茬地青了又黄，黄了又青，根深而茎壮了，掩埋在草丛中瓦裂的陶器早已流尽了最后一滴汁液。九鼎不知去向，三礼流失民间。东周呢，龟缩在洛邑弹丸之地，可怜巴巴地看着那些纵横天下的伯霸诸侯，把九州版图闹得瓜分而豆剖。无可奈何花落去，还有谁来用红巾翠袖，揩去周王浑浊的老泪？连孔子本人都不曾去那里。在这种时候，要“兴灭国，继绝世，举逸民”，真无异于痴人说梦。孔子正是这样的一位痴人。痴人往往缺乏现实感。他的精神就常常脱逸出现实的背景，沉浸在过去的辉煌中，追寻着万物逝去的方向。是的，他一生都在追寻，他周游列国，颠颠簸簸，既是在找人，找一个能实施他主张的人，更是在找过去的影子，找东周昔日的文明昌盛。面对这一伟大帝国的文化废墟，孔子领悟到并

活读书就是能古今沟通、中外沟通，理想与现实沟通、自我与社会沟通、精神与万物沟通。

54 岁离开家乡鲁国，历时 14 载，途经 7 个诸侯国，68 岁时无奈中回到故乡。这就是孔子的周游列国。

流逝的时间就像这流逝的水一去不复返！孔子的伟大在于他“发愤忘食，乐以忘忧，不知老之将至”，在于他明白已逝生命的意义和未逝生命的价值，在于他慨叹中饱含着更强劲的生命力。

承诺了自己的使命。但挽狂澜于既倒,或知其不可而为之,只不过是一种令人钦敬的悲剧精神罢了,他最终还是失败了。当他奔波倦极归来,在一条小河边饮他那匹汗马时,他偶然从平静的流水中惊见自己斑驳的两鬓,“甚矣,吾衰矣”!(太惨啦!我已经衰老了!)他顿时心凉如水。这衰弱的老人,他的多少雄心都失败了,多少理想都破灭了。壮志不酬,眺望茫茫无语的宇宙,他心事浩茫。人世渺小,天道无情,青山依旧,哲人其萎。于是,一句意味深长的叹息便如一丝凉风,吹彻古今:“逝者如斯夫!”

我在几千年后的漆黑的夜里写这篇文章时,宛如见到他当初衰弱地站在苍茫高天之下的无情逝水边。那无限凄惶的老人的晚景使我大为感动。于是这篇文章的题目也就一闪而现了:这衰弱的,即将随着时间的流水逝去的老人,不就像黑暗旷野上快要燃尽的一支蜡烛吗?四面飙风,寒意四逼,这支蜡烛艰难地闪耀……

鲁哀公没有错,子贡没有错。孔子错了?孔子更没有错。很多事情当我们站在对方的角度思考,理由就存在了!但这样可能陷入无立场者的泥潭。而对待孔子是需要有立场的。你以为鲁哀公怎样?

孔子死后,鲁哀公装模作样地悲痛一番,悼念一番,他写了一篇诔文,似乎感伤得很:“上天太不公平啦。不肯留下一位老人陪我,让我一人在鲁国孤零零的,唉,多么悲痛。”孔子的弟子子贡毫不客气地顶了回去:“生不能用,死而诔之,非礼也!”其实,对孔子“生不能用”的,岂止一位鲁哀公呢?孔子一生见过不少诸侯,像楚昭王、齐景公、卫灵公等,有谁用他呢?天下人事纷纷扬扬,新生事物层出不穷,人人都在玩新花样,搞新名堂,他老先生拿着一把过时的且是万古不变的尺子,东量量,西测测,这也不合“礼”,那也不合“乐”,到处招人惹人,别人对他敬而远之也是很自然的。同时他又像一个蹩脚的推销员，推销早已过时的产品。这产品不是按顾客的需求而设计，而是要以这产品的规格来设计顾客，正如韩非嘲笑他的，不是根据脚的大小来选鞋，而是根据鞋的大小来"削足"。他这么不合时宜，被人拒绝不是很正常的么？子贡以他的经济实力和外交天才，到处为老师打点鼓吹，也没有什么效果。子贡的悲愤心情是可以理解的。

二

痴人有多种，或因情深而痴，或因智浅而痴，孔子属于前者，因情而痴的孔子常常沉湎在过去的怀想之中，"郁郁乎文哉！吾从周！""逝者如斯夫！"这时，他就是一位抒情者，抒得很动情，很感人。在一个抽象的、冷酷的、沉闷的老子之后，出现一个一往情深、感怀万端的孔子，使我们再次感受到一种温软，一种熨帖，这实在是让我们大大舒了一口气，历史终于在绝望中咧口而哭出了声，一些可怕的心理能量在孔子的歌哭、幽默、感喟中被释放了。孔子使一些无序的暴力变成了有目的有方向的努力与企望，他使天下英雄入于他的彀中，并带着这些社会精英致力于建构新的理想。当混乱的历史有了理想与方向时，混乱就不再是一无是处，相反，倒往往显示出一种蓬蓬勃勃、生机无穷的魅力。春秋战国时代是一个刀光剑影的时代，一个流血漂卤的时代，一个杀人盈城、杀人盈野的时代，但不也是一个充满理想，充满激情，充满公理仁德的时代吗？谁开辟了这样的时代？是孔子。非常具有

这是无法估量其价值的事实。几千年中国社会的仁人志士事实上都团结在孔子这一旗帜下，致力于构建新的理想，一代连着一代。

象征意义的是，当孔子和弟子们周游列国的时候，他往往自己驾车——他确实是在驾着这个时代的马车。弟子们在车上或呼呼大睡或哈欠连天，一脸凄迷与怀疑，只有他永远目光炯炯，自信目标就在前方。

有一次，在一条汤汤而流的小河边他们又找不到渡口了。远处的水田中有两人在耕作，子路便上前去打问。

其中的一个细长个子却不回答子路的询问，而是反问子路：

"那个执缰绳的人是谁？"

子路恭敬地回答："是孔丘。"

"是鲁国的那个孔丘吗？"——可见孔子的知名度颇高。

子路答："是。"

这个细高个冷冷地就来了一句："既然是鲁国的那个孔丘，他应该知道渡口在哪里嘛。"

没奈何，已经由绿林好汉改邪归正到孔子门下的子路，只能按捺住火气，转过身去问另一位。这一位魁梧雄桀，是个大块头。大块头也反问子路："你是谁？"

子路仍然是恭敬地回答："我是仲由。"

"你是孔丘的门徒吗？"

"是。"

现在又轮到大块头来教训子路了："天下混乱，举世皆然。谁能改变这种局面？我看你身体强壮，是个好庄稼汉。与其跟随孔子这样的避人之士东奔西走，鼓唇摇舌，倒不如跟随我们这些避世之士，躬耕垄亩的好！"

这里我先解释两个词。什么叫“避人”呢？避人就是择人，就是避开那些昏庸无道的诸侯，而去寻找志同道合的有为之君，一同来重整乾坤。良禽择木而栖，贤才择主而事嘛，不择主，只要给富贵就帮他卖力，那是苏秦张仪的作为。孔子一心要的是救世，而不是个人富贵，所以他恓恓惶惶的马车在纵横阡陌间奔走扬尘，就是要避开身后的昏君而去寻找前面的明君。什么是“避世”？在“避人”的基础上再跨一步，彻底冷了心，闭了眼，认定天下不可能有什么诸侯还能与他一起改变这世界，于是彻底绝望，从而彻底不抱希望，回到田园中去，回到自己的内心中去，告别都市、政治与熙熙攘攘的外部世界，就叫避世。

“避人”在生活中大量存在。“三十六计走为上计。”这句话就是“避人”哲学的经典之论。但生活中有许多东西是不能取这一态度的，否则就是懦夫，是逃兵。

再回头说子路被这两人教训得一愣一愣的，又要注意自己此时的身份，不能发作，只好垂头丧气地回来向孔子汇报。孔子听完，有道不尽的迷惘。谁说这两位隐士说得不对呢？这不也是孔子自己内心中常有的感触吗？但他历尽艰辛，学而不厌，“十年磨一剑，霜刃未曾试”，难道就此卷而怀之吗？他有教无类，诲人不倦，门徒三千，贤者七十二，就是为了培养一批隐士，或者懂文化的农夫吗？于是他感慨万端：“人总不能与鸟兽一起生活在山林之中啊，我不和芸芸众生生活在一起，与他们共享欢乐共担不幸，我又能和谁生活在一起呢？他们说天下无道，但不正因为天下混乱无道，才需要我们去承担责任吗？假如天下有道，还需要我们吗？”

由此出发，儒者“志于道”，“先国家之急而后私仇”，“先天下之忧而忧，后天下之乐而乐”。这种精神一以贯之，构成了中国古代士人的生命线。

《论语》中的这一段，很传神，两千多年了，那条汤汤小河边发生的这场争论就好像发生在昨天似的。这几个人好像还在我们身边。我尤其为孔子感动。

他恓惶而寂寞，迷惘而执拗。“志于道”的人越来越少了，不少人顺应潮流，从而成了新贵，或成为新贵的红人，其中甚至有他的门徒，比如那个顶善于察言观色的弟子冉求。又有不少人冷了心，折断宝剑为锄犁，平戎策换得种树书，如长沮、桀溺；其中也有他的弟子，如樊迟。樊迟向他问稼，问为圃，大概也是准备避世了吧。望望眼前，路漫漫其修远兮，看看身后，追随者渐渐寥落。“道不行，乘桴浮于海，从我者，其由与！”（道行不通了，我只能乘小船漂荡到大海中去了。到那时还能跟随我的，可能只有一个仲由了吧！）这位可敬可叹的老人，想凭自己个人的德行与魅力来聚集一批年轻人，让他们传道义之火，文化之火，拯民于水火，匡世于既颠；但年轻人不容易经受得了各种诱惑，“吾未见好德如好色者”（我从未见过一个喜爱德行比得上喜爱美色的人），“吾未见刚者”（我未见过刚强的人），“吾未见好仁者，恶不仁者”（我未见过喜好仁厌恶不仁的人），“未闻好学者”（没听说过好学的人）。这些话不也把他的三千弟子甚至七十二贤者都包括在内了吗？要让这些弟子们“无欲而刚”“好德如好色”都不可能，更何况别人？韩非就曾刻薄尖酸地揶揄孔子，说凭着孔子那么巨大的个人德行，不就只有七十子之徒跟随他么？而下等君主鲁哀公却能让一国人都服从他，孔子本人也不得不向鲁哀公臣服。所以，人是多么容易向权势屈服，而向慕仁义的人是多么少啊。孔子此时的处境，真是令人同情。

向慕权势，屈服于权势，成为人之常态，说明社会已真的沦落了。从这污泥中爬出，洗尽身子并保持清洁去影响别人，确实很难。最重要的原因是人们已把污泥当金光了，把黑暗当光明了。

但他更让我们尊敬。这就是他的那种“知其不可而为之”的殉道精神。“三军可夺帅也，匹夫不可夺志也”（三军可以更改主帅，匹夫却不能逼他改变志向）。

匹夫尚且不能夺志，更何况圣人之志，得天地浩然正气，至大至刚，岂容玷污？天下一团漆黑了，不少原先追求光明的人也练就了猫头鹰的眼睛，从适应黑暗而进于喜欢黑暗，为黑暗辩护，他们把这称为提高了觉悟和认识，并且得道似的沾沾自喜于在黑森林中占据了一棵枝丫，又转过头来嘲笑别人不知变通。而孔子，这位衰弱的老人却在那里一意孤行！我很喜欢"一意孤行"这个词，很喜欢这个词所指称的那种性情与人格。敢于一意孤行的人必有大精神、大人格。一位楚地的狂生曾经警告过孔子："往者不可谏，来者犹可追。已而已而，今之从政者殆而！"（你过去糊涂就算啦，以后你可改了吧！算了吧算了吧，现在追随政治危险得很啦！）但不能因为政治危险，就置天下苍生于不顾，听任他们受暴政的煎熬，置自己的伦理责任于不顾！"政者，正也"——政治，就是对暴政的矫正！就是正义！所以孔子庄严宣告："志士仁人，无求生以害仁，有杀身以成仁。"虽然他也说过"危邦不入，乱邦不居，天下有道则见，无道则隐"之类的话；虽然他也称赞蘧伯玉："邦有道则仕，邦无道则可卷而怀之。"宁武子"邦有道则知，邦无道则愚"，并慨叹"其知可及也，其愚不可及也"（他的聪明别人能比得上，他的糊涂别人就比不上了），大有郑板桥"由糊涂入聪明难，由聪明入糊涂尤难"的意味，但他对自己，却有更高的要求，那就是如他的学生曾参所说的那样，"仁以为己任，死而后已"！

能担当得起"一意孤行"这个成语的，中国古代社会只有三人，他们是孔子、庄子、屈子。

所以可以为实现自己的主张向那些诸侯游说14载。

隐士是中国特产。隐士文化培养起来的表面看是清洁的精神，实质却是对清洁的放逐，因为它逃避抗争，因而也就宽容了丑恶。

自魏晋以后，中国的文化传统中，就有了一种极古怪的现象，那就是人格理想与伦理责任的分离。最受人敬仰的人格乃是那些在天下苦难面前卷而怀之，闭目养神的隐君子！他们的伦理关怀哪里去了？他们的道德痛苦哪里去了？作为知识分子，他们的基本人道精神哪里去了？难道我们不应该要求知识分子有起码的价值关怀吗？但我们却偏偏认为他们是涵养最高，道德最纯洁的人！鲁迅禁不住对这种人怒形于色：泰山崩，黄河溢，隐士目无见，耳无闻！这种目不关注人间苦难，耳不听弱者呻吟的人物，不就是饭桶酒囊茶壶甚至权势的尿壶么！一个人让人尊敬是有条件的。在孔子那里，在他的学说之中，那种古典的崇高确实让我们这些聪明机灵的后来人愈显扁平而单薄。

三

二人友爱为“仁”。扩而大之，二家友爱为仁，二国友爱为仁，天下所有人友爱才是仁的核心。

孔子的哲学核心是“仁”。在《论语》中，“仁”以不同的面目，在不同的背景下出现了无数次。这些闪烁不定的面容并不是因为孔子的“仁”没有“一以贯之”的主旨，而恰恰说明了“仁”内涵的丰富。樊迟问“仁”，孔子答曰“爱人”；颜回问“仁”，孔子答曰“克己”，曾子概括说，“夫子之道，忠恕而已”。朱熹解释说，尽自己的力量去办事叫忠，推己及人叫恕。这样看来，孔子的“仁”，也就是从人我双方立论，相当于我们今天常说的“人类共存意识”吧。“仁”的内涵里，主要的两方面就是“忠”和“恕”。有了这个“忠”，就会有足够的自我约束；有了这个“恕”，就会有足够的对别人的宽容。这个顶重要了。孟子后来讲“仁”，就不大讲“恕”了，这就一步一步走向专制。孟子就没有孔子可爱。当然，孔子的“仁”，不仅仅是指一个人应当具有的人格境界，而且还应该是一个社会政治应当具有的政治理念。是公理，是正义。因而，在非常时刻应当“杀身以成仁”，而决不能“求生以害仁”。他自己一生，倡导“仁”，实践“仁”，修自身为“仁”，又要改造社会政治为“仁”。修自身成“仁”，他是做到了，改造社会政治为“仁”，他失败了。但他“造次必于是，颠沛必于是”，何曾有一丝一毫的媚俗之态！他正大光明，磊磊落落，他一意孤行，坦坦荡荡。他亦知道改造社会是不可能的，但他“知其不可而为之”，关键在于做！他肯定已经意识到了他在未来的影响，所以他要用自己的行为树立一个榜样，以自己的生命之汁点亮一盏明灯，使后世一切以各种借口逃避伦理责任的行为无所遁形。——既然他已经在知其不可的情形下做了，而且做得如此艰苦，如此卓绝，如此寂寞，又如此轰轰烈烈，如此失败，又如此辉煌灿烂。因失败而辉煌，这是古典悲剧的基本定律，不失败何以感人心？不辉煌何以长人志？但这失败必须是大失败，必须是必然的失败，是自由在逻辑面前的失败，是个人意志在历史规律面前的失败，而且必须是主人公已经预知的失败。他已经预先知道结局了，但高傲的心性使他无法改变自己人生的方向。在古典悲剧中，生命的投入是人格成就的最后一道工序，如干将莫邪之铸剑，最后必以自身的血肉之躯投入熔炉，用自己的血光赋予宝剑以阳刚杀气。孔子的“得其真传”的弟子曾参，有一段话：“士不可不弘毅，任重而道远。仁以为己任，不亦重乎？死而后已，不亦远乎？”这段话包含着两个推论，所以我们可以把它译成问答句：士为什么要弘大坚定？因为他们任重道远。为什么说他们任重？因

今天读孔子，最重要的恐怕就是明白此理，永不逃避责任。

与社会相连，才是活读法。

为他们是把仁当作自己的人生责任的。又为什么道远？因为他们除非死掉，不然就不能卸下这副担子。这就是自讨苦吃式的崇高。我上文说，让人尊敬是有条件的，不能因为你读了不少书，甚至读了不少洋文书，知道各种主义，就能受人尊敬。你还得有所承担。孔子及其弟子们，在那么一个时代，就已经意识到担当道义是知识分子的最高使命，甚至是无法摆脱的宿命了，就已经知道执行文化批判而不是文化媚俗文化献媚是知识分子的基本职责了，他们怎能不伟大，又怎能不为这伟大而颠沛，造次！

那些冷了心肠的隐士讽刺孔子，还有些愤世嫉俗的道理。而下面这位"丈人"对孔子的批评就莫名其妙了：

> 子路从而后，遇丈人。以杖荷蓧。
>
> 子路问曰："子见夫子乎？"
>
> 丈人曰："四体不勤，五谷不分，孰为夫子？"植其杖而芸(耘)。
>
> 子路拱而立。
>
> 止子路宿。杀鸡为黍而食之。见其二子焉。
>
> ……
>
> 子路曰："不仕无义。……欲洁其身而乱大伦！君子之仕也，行其义也。道之不行，已知之矣。"

指出"圣人"缺点是有意义的，但不能以此否定"圣人"之"圣"。我们惯常的毛病就是攻其一点不及其余。这应当引起每个人警惕。

这一段中的"四体不勤，五谷不分"，后来成为不少人批评孔子的口实。是的，在一个小农意识很浓厚的国家里，这种情形较易发生，并且较易引来阵阵喝彩。甚至人们还能这样想：你孔子四肢不勤劳，五谷分不清，你连一个农夫都比不上。这种说法会引来更多的喝彩，因为很多人一下子从孔子的缺点中找回了自己的自信心。但我要说，这种批评的荒谬性太明显了。在春秋后期，我们缺少一位农夫吗？减少一位卓越的思想家，增添一名普通的农夫，我们就是这样算账的吗？我们这个民族的历史与文化会因此更加辉煌灿烂吗？我们这个“文明古国”就会更加文明吗？另外，我们民族在那个时代连养活一位像孔子这样的大思想家的经济能力都没有，还必须让他自己去耕种自存吗？或者，我们这个民族连给孔子这样的大思想家提供必要的生活条件都不愿意，而必欲使之和农夫一样才心满意足吗？这些问法可以换成现代式的：我们必须分给陈景润一块自留地，由他自己播种，收获，磨粉，蒸馒头，吃下去，然后再去桌子边求证他的哥德巴赫猜想吗？如果不是这样，他即使证出了1+2，由于他不会蒸馒头，于是我们就可以鄙夷他连一个馒头师傅都不如吗？我的这种问法不是没有道理的，30多年前，我们就这么干过。否则，要办那么多的“干校”干什么？

樊迟问稼问为圃，孔子怒不可遏，甚至在背后骂他是“小人”。又有不少人说这是孔子轻视体力劳动，现在的某些大学教材上就有这种说法。这种批评也太师心自用了。问如何种菜种小麦，需要问孔子吗？孔子的回答“我不如老农民，我不如老菜农”，已经说得很明白了：你樊迟要学这些，你何必到我这儿来？你去问老农即是。要学腌泡菜蒸馒头切土豆丝，需要

孔子之“圣”由此亦可见。

去中科院问博士生导师吗?

以上的问题还在于,培养一个老农易,至少在孔子那时,还不提倡科学种田时是这样。那时候就没有什么农业技术学校,但遍地是老农在种麦子种大头菜。培养一个知识分子就难了。孔子的时代,传播知识,提高人口素质,似乎比自己去亲自参加劳动更迫切。所以,孔子的这些言行,与轻视体力劳动如何扯得上。这一位"植其杖而芸(耘)"的"丈人",耘来耘去,也就那一亩二分地,所养活的,不过就是他自己及家人。这又如何能与孔子比呢?他自己的言行能够传留后世,还是沾的孔子的光呢。孔子所耕耘的是什么荒?是文化之荒!所培养的是什么苗?是文化之苗!柳诒徵《中国文化史》云:

确论!

> 孔子者中国文化之中心也,无孔子则无中国文化。自孔子以前数千年之文化赖孔子而传,自孔子以后数千年之文化赖孔子而开。

孔子所给予我们这个民族的,甚至全世界的,又如何能估量?

四

因为怕孔子到楚国后说陈蔡诸侯的不是,陈蔡的小政客们便把孔子围在郊野。小政客毕竟是小政客,他们把孔子围住后,却拿不准到底要怎么样。面对一位文化巨人,他们的内心毕竟很虚怯。他们很憎恨孔子文化人格的光芒,所以,他们把他包围起来,试图挡住这光芒的四射，但他们又绝没有胆量去迫近光源——于是在陈蔡之野，便有了这样一种既滑稽又尴尬的场面：里面的人出不去，外面的人也不进来。彼此都迫切希望有一个第三者出现，来给大家一个台阶下。在第三者楚昭王派兵迎接孔子之前，孔子和他的弟子们在饥肠辘辘与满脸菜色中进行了一番有趣的对话，其主题是讨论道与势的关系。孔子的知音司马迁在记叙这一段历险时，把孔子的人格精神写得淋漓尽致。据司马迁记载，此时的孔子，有意识地利用这次挫折，来考验、考察弟子们对道的忠诚贞定。孔子先叫来子路，问他："难道我的主张不对吗？我为什么落得这个下场？"忠厚的子路疑疑惑惑地说："是不是我们还不仁呢？人们不信任我们？是不是我们还不智呢？人们不放心我们？"孔子说："仲由啊，你听着，假使仁义的人一定受信任，怎么会有饿死首阳山的伯夷和叔齐？假使智慧的人一定行得通，怎么会有被纣王挖腹剖心的王子比干？"子贡进来了，孔子用同样的问题问他，子贡说："老师，你的道太伟大了，所以这狭隘的世界容不了你。你能不能稍微降格以求呢？"孔子说："赐啊，好的农夫只问耕耘不问收获，好的工匠只追求技巧而不追求苟顺人意，作为君子，修习大道，是不能讲苟合的啊。"

最后是颜回入见，这位比孔子小 30 岁的小学生，聪慧谦让，悟性高，不爱显山露水，能过苦日子，深受孔子的喜爱。他的回答，令先生愁肠顿开："夫子之道至大，故天下莫能容。虽然，夫子推而行之，不容何病？不容然后见君子！夫道之不修也，是吾丑也，夫道既已大修而不用，是有国者之丑也。不容何病！不容然

旁参法。王安石说："读经而已，则不能足以知经。"鲍先生深语此理，读书多以旁参明理。

对一个问题的求答，引出三个人物，个个形象鲜明，跃然纸上。

后见君子！”孔子欣然而笑，说：“说得好啊，颜家小子！将来你发财时，我给你赶车吧！”

五

孔子晚年，倦于奔波。鲁迅曾在一篇颇似游戏的文字中推测孔子晚年有严重的胃病和胃下垂。一个医生对一个常年在坎坷的道路上颠簸的人很容易下这个判断。总之，孔子老了，病了，不能再奔波了，况且奔波又有什么收获呢？于是，在离开鲁国 14 年之后，靠弟子冉求的疏通，又回到了鲁国故乡。此时孔子已是知命了，不说心如死灰，但心如止水却是必然的。鲁君无意用他，他也懒洋洋地不求用了。回到自己阔别多年的老屋，撩去门楣窗棂上的蛛网，拂去案几上的积尘，他坐下来，心境一片茫然。这时，外面的世界更混乱了，乱臣贼子们活得更神气了，但也令他更无奈了。宝剑折断，铩羽而归，他还能做些什么呢？他打开了竹简。这是一个有世界意义的举动。孔子现实政治活动的失败使中国少了一位晏婴、子产或管仲式的人物，但却使世界从此有了一个伟大文化的源头。这活力绵绵不绝的文化之源，浩浩荡荡，渐远渐无穷，使整个东方世界都浸润其中。是的，当孔子的现实政治活动失败后，他埋头于古代典籍的整理；在被自己的时代拒绝之后，他成功地通过文化符号进入了未来的世纪；在被几个诸侯国的诸侯和政客拒绝后，他的影响力却遍及全世界，名声响彻天下。

孔子的伟大更在“立功”不成之后的“立言”；或者说，孔子的“立言”是更高层次的“立功”“立德”。

孔子本来是想通过立功来传名后世的，像他终生倾慕的周公一样。但这一点已经毫无疑问地没有可能了。“君子疾没世而名不称焉!”(君子很惧怕死后没有名声留传啊)于是他便想通过立言来不朽。我们知道,在这一点上,他成功了,而且在立言中他还立了德。“三不朽”他完成了两项。据司马迁的记载,“六经”都是经他手订的。也正因了他的手,这些积满时光尘土的古典才成为“经”,而为后世不断地钻研,又在这不断的琢磨中发出历久弥新的光芒。那本“饥者歌其食,劳者歌其事”的305首“诗”,记录着那么遥远时代的真切的痛苦,更是因为他的手订,由愚夫愚妇引车卖浆者流的歌吟一跃而成为六经之首,“诗云”与“子曰”并称。实际上,就是因了“孔子曰”,孔子的赞誉,《诗》中愚夫愚妇们的“云”,才成为中国古代文学的圣经。他对这300首诗说过些什么呢?他和子夏讨论过“巧笑倩兮,美目盼兮”;他和子贡讨论过“如切如磋,如琢如磨”;他说“不学《诗》,无以言”,他还说“《诗》可以怨”!他把《诗》当作教材,传授给弟子们,正是因为这种口耳相传式的传授,才使得《诗经》能避开暴君嬴政的焚书之火和莽汉项羽的复仇之火,斯文不灭。他还庄重地为《诗》回护,说:“《诗》三百,一言以蔽之,曰思无邪!”这就使后世很多对《诗经》暗怀不满的人,比如朱熹,只能做些鬼鬼祟祟的歪曲的勾当。孔子是文学的守护神呢。原来他不仅是一位庄严谨恪的人,还是一位情感丰富的人!因此,他不仅要求人类要有道德,就是对人类的情感——包括对人性的弱点,他也有那么多善意的回护与爱惜!他要人们好德,但也不反对人们好色,“国风好色而不淫”,不过分,就行了嘛。说到这里,

从孔子读《诗》中,我们读出了作为文学家的孔子形象。

插入一件小事。子夏有一个毛病，那就是吝啬。知生莫如师，孔子深知子夏这一毛病，于是就刻意为他遮掩。一次孔子出门，碰上下雨，而子夏有伞，孔子却不去借，甘冒雨淋之苦。有人问孔子为何不向子夏借伞。孔子说："子夏有这个小毛病，若向他借伞，借，他心里不痛快；不借，不是把他的缺点暴露给众人了吗？如果能掩盖住别人的缺点，我淋点雨算什么呢？"

与第三部分的"恕"相互印证。孔子不仅强调"知人"，更力行"恕人"。这正是躬行"仁"。

文学是人学，文学就是人性的表现。不能对人性的优点有极崇高的敬意，对人性的弱点有极宽厚的怜悯，是不可能理解文学的。我们再举一个相反的例子，朱熹。举他对《诗经》中一首诗的评论来说说。《诗经·卫风》中有一首诗叫《氓》，是一位被遗弃女子的哀歌。这个女子坚持要明媒正娶地嫁给她所爱的男人(这就是"乐而不淫")，做了妻子后她辛勤贤惠，但最后还是被抛弃了，即便这样，她也依然那么理智，节制，哀而不伤，怨而不怒。老实说，我读到这首诗的最后"亦已焉哉"(唉，算了吧)，是颇失望的，我私下里希望她能报复对方一下。我知道这种想法不对，既不合法也不合理。但我觉得这才合情。美狄亚就实施了惨烈的报复。孔子也提倡"以直报怨"。但朱熹对这个不幸女子的评论，使我觉得他很冷酷。他说："此淫妇为人所弃，自叙其事以道其悔恨之意也。"(这个淫荡的女子被别人始乱终弃了，自己追叙自己的所作所为，倾吐出悔恨之意)读到这样的议论如果不觉得朱熹冷酷无情，就不是正派人。因为朱熹凭空污人清白(在这首诗中一点也看不出这个女子有什么淫荡的地方)；他对一位多情的恋人(婚前)、一个贤淑的妻子

宋儒理学家解《诗》后，《诗》的文学性多被理学遮蔽了。文学是洋溢着鲜活人性的人学，不是扼杀人性的呆滞的理学(闻一多是第一个为《诗》掀开理学遮蔽的现代解诗者，值得注意)。

(婚后)毫无首肯之意,理学家之不懂欣赏女人,于此可见一斑,而理学家之仇视一切鲜活的女性,对人间痛苦缺乏基于人性的同情心也在此得到突出的表现。“以理杀人”的后儒们,他们何曾及得上孔子的一分一毫啊。

由于孔子丰富的文学情怀,他把人格修养的最高境界理解为一种自由的艺术境界,而不是严谨的道德境界。在这一点上他又和后世的道德家们大相径庭。我们也一直没注意这一点。孔子在道德的熔炉里冶炼自己,而最后出炉的结果却大出我们意料:他熔炼出的不是森森剑戟,而是更加的幽默生动。你看他说的“志于道,据于德,依于仁,游于艺”,又说“兴于诗,立于礼,成于乐”。他最后的形象是“成于乐”而“游于艺”!他一下子变得亲近了,不再壁垒森严了。你看他:“闻《韶》,三月不知肉味。”这时他能是一位皱着眉头板着面孔不苟言笑的人么?他是一位手之舞之、足之蹈之的老顽童哩!他极爱音乐,即便在围困之中,也是每日“弦歌不衰”,只要附近没死丧,他每日都大声地唱歌。司马迁的《孔子世家》中记载了孔子与音乐的一件轶事:他在师襄子那里学了一首曲子,一连弹了十数天还不换其他曲子,直到他从这首曲子里“听”出了那个肤色黝黑、身材颀长、眼神忧郁的文王的形象!“作《易》者,其有忧患乎!”文王可不就是一个满腹忧患的古之高人么?孔子的精神通过飞翔的音符而与之相通了!

有这样的音乐修养与音乐情怀,“三百五篇孔子皆弦歌之”。这是多么宏伟壮丽的大乐章啊。我们今天已经不能再聆听孔子弦歌过的音乐了,“此曲只应

由此,我们读出了作为音乐家的孔子形象。

天上有,人间能得几回闻”。但那古老而简朴的文字仍留传下来,那远古时代活生生个体的欢乐与哀伤,希望与失望,怨愤与爱慕……仍然如此鲜活,是的,那远古的神经末梢仍在向我们传来敏锐而清晰的刺痛……

《诗经》中有160首都是采自民间,包括黄河流域,汉水、汝水流域。我们可以由此贴近这片辽阔土地上的风、水、丘垄与庄稼,贴近这片土地上的阳光、情感、悲欢与离合。班固与何休都提到当时有专门采诗的行人,摇着木铎顺着乡间小道去采诗。我有时痴想,没有比这更好的职业了,还有什么比这更快乐的工作呢?

——冬日的蛰居过去了,春光融融,芳草萋萋。我立于道口,望农夫荷锄远来,而他的歌声亦悠扬而感伤……

孔子被《诗》感动了,我们被孔子对《诗》的感动感动了。感动是一种大情怀。文章能传递感动,也就有了一种内在情怀。

我在村落间徘徊,看顽童嬉闹;我亦走上田头,看麦苗油油,静观灌溉之水汩汩流淌。

那么多忧伤的故事啊。有一个人因想念远方的恋人而去了,从此杳无音信;一位多情的女子被人遗弃了,哭泣着回到娘家;而服役归来的人,拄杖立于田头,他的家园已成一片废墟,丘垄上葬着他的亲人……

在远处飘来的歌声面前,我老泪纵横。

我是被《诗经》感动了。最幸福的时候就是被感动的时候。谁能说当孔子对这305首诗逐一弦歌时,他不也是感怀万端呢?“四方有羡,我独居忧。民莫不逸,我独不敢休”(《十月之交》),这样的句子,如此贴切他忧患人生的情怀,如此真切地反映他奔波为天下的辛苦,他能不感慨吗?而那一位走过周朝旧都,面对废墟上的野黍而"中心摇摇"悲不自禁的诗人,不更是他的同调吗?面对伟大朝代的文化废墟,他不更是忧患满怀吗?"知我者谓我心忧,不知我者谓我何求。悠悠苍天,此何人哉?"(《黍离》),是啊,孔子,他是一位什么样的人呢?

六

《尚书》之流传具有传奇色彩,我们今天读到的本子乃是东晋豫章内史梅赜所献的《孔传古文尚书》。这个"孔"字乃是孔安国,司马迁的老师。他也是孔子的十一代孙。而这个孔安国所传的《尚书》,乃是汉鲁共王从孔子故居的墙壁中得到的。光这一点,就可知孔子与《尚书》之关系了。如果说《诗经》是中国历史上最早的诗歌总集,那么,作为"上古之书"的《尚书》乃是中国历史上最早的散文集。同时,如果说《诗经》是民间的(风、雅都可以算作是民间的),那么《尚书》就是朝廷的。《诗》是民间的情感,《书》是朝廷的意志。《诗》是抒情的,《书》是理智的。《诗》是散漫的,《书》是约束的。《诗》唱个性感受,《书》倡国家价值。《诗》是艺术,《书》是道德。《诗》是大地,是天空,是大地上的野花,是天空中的飞鸟;《书》是庙宇,是碑石,是庙宇中的祖训,是碑石中的箴言。《诗》是音乐,《书》是建筑,谢林说,音乐是流动的建筑,建筑是凝固的音乐。没错,《诗》是意志的流动,《书》是情感的凝固……我们民族最古老最本质的东西,都积淀在《诗》《书》之中了。它们都与孔子有关。

多角度、多层次比较,排比、比喻、对偶、引用,全用。这是"纵"。作文有时越放纵,越能达到"擒"的效果。结果"擒"的是什么?就是本段最后一句——"它们都与孔子有关"。

我更愿说:"易者,化也。"朱芳圃《殷周文字释丛》说:"化象人一正一倒之形。"《国语·晋语》:"胜败若化。"韦昭注:"化,言转化无常也。"以人的一正一倒来表示变化之意,至少传达了下面几重信息:变化之大莫过于颠倒;变化之大莫过于人的颠倒;人的颠倒体现正反关系。由此,我们即可感受到"化"字所蕴含的丰富而深厚的哲理:化为乌有,化为泡影,化险为夷,化干戈为玉帛,化腐朽为神奇……"化"字体现的是事物的矛盾法则;感化,教化,风化,文化……"化"字体现的是事物的联系法则;造化,化生,化育,现代化,一体化……"化"字体现的是事物的生成法则;融化,消化,化解……"化"字体现的是事物的消亡法则。此消彼长,彼消此长;化此为彼,化彼为此,这就是"化"。"化"比"变"更能体现"易"的本义。我想,孔子晚年喜《易》,正是为找到了万物变化之理而沉醉。由此,我们读出了作为哲学家的孔子形象。

《易》据说最初乃是“大墙文化”，乃是周文王为商纣所拘押，在狱中无聊，又担心自己就此玩完，“没世而名不称”，推演而成。但文王的《周易》，纯属卜筮之书，对一般读者不啻天书。“孔子晚而喜《易》，序《彖》《系》《象》《说卦》《文言》，读《易》，韦编三绝”（《史记》）。他的研究成果，经口授学生，学生整理成册，始有“十翼”，翼者，辅翼，辅助理解也。应该说，孔子是把卜筮之书改造成了哲学之书，综合天地人，探究天道人道，从“究天人之际，通古今之变”而“成一家之言”。所以，就《易》在这个意义上影响中国传统文化，我们又是在这个意义上理解《易》，毋宁说，《易》乃是孔子的著作了。孔子晚年，一边穷年兀兀以研《易》，一边却又担心时不我与，叹息道：“假我数年，若是，我于《易》则彬彬矣”。天不灭斯文，孔子而后，《易》果然彬彬而盛。“易者，易也，不易也。”这截然不同却又相辅相成的训释，恰好表明了天道人道的反复，变与不变的统一。《诗经》说“鸢飞戾天，鱼跃于渊”（《旱鹿》），《易》言“天行健，君子以自强不息”，“天地之大德曰生”，这是一个生机盎然蓬勃如斯的宇宙，这也是一个满腹忧患，自强不息的人生！

《礼》《乐》亦是孔子的教化工具。孔子对枯燥乏味的周代官制、礼仪的记录《仪礼》进行研究，指出其内涵、作用与本质。这一切都不过是“托古改制”而已。孔子说“夫礼，先王以承天之道，以治人之情”，仍然是天道与人道。伟大的周公盛世初建，创建周礼，规范一个大帝国的行为与思想，开创了灿烂的周文化；伟大的孔子身当乱世，礼崩乐坏，他所做的，乃是在文化废墟上的考古、整理与保存。帝国的庞大躯体，已然僵仆，他已不能使之复生，他能做的乃是使帝国的精神与文化长存人间。他所唱的，乃是伟大文化的挽歌，世运不可回，人事有兴替，挽歌者，挽留之歌也！

在《礼运》的记载中，孔子根据可考历史的发展情况，预见着未来的道路。他认为，人类社会之发展经历着三个阶段：据乱世，升平世和太平世。据乱世就是他所处的时代了，而他为后人设想的"太平世"是什么样子呢？

> 天下为公，选贤与能，讲信修睦。故人不独亲其亲，不独子其子。使老有所终，壮有所用，幼有所长，鳏寡、孤独、废疾者皆有所养；男有分，女有归。

谁说孔子只是向后看呢？他也展望未来啊！只是这位衰弱的老人自知自己是等不到那黄河清的一天了！

向后看是为了向前走。没有向前的步伐，向后看就是没有出息的表现。

《乐记》也还是在谈哲学，谈政治：

> （音乐）清明象天，广大象地。终始象四时，周还象风雨……乐行而伦清，耳目聪明，血气和平，移风易俗，天下皆宁。

好像不能一味指责孔子把文艺都搞成道德教化，都搞成政治蓝图。你看他所处的是什么时代？一个"仁以为己任"的思想家，他不关心天下不宁，还关心什么？他不祈望天下皆宁并为之奋斗，他还祈望什么？让他回到家里，关上门，温壶春酒，泡杯苦茶，弹琴逍遥吗？

最后就要谈到《春秋》了。这是使一个时代都因此而得名的著作。

晚年的孔子顾视日影，喟然叹息：“不行啊不行啊，君子很惧怕死后没有留下名声啊。我的道行不通了，我凭什么在后世传名呢？”他搬来鲁国历代太史记录的史料，开始著作历史。以前在做官审案时，他很谦虚地与其他陪审官商定判辞，而此时他却突然“专断”起来，“笔则笔，削则削，子夏之徒不能赞一辞”。连插嘴提建议的机会都不给！这本以“微言大义”著称的历史著作，孔子是有意把它写成政治学著作、伦理学著作的！他在这里要审判的，是整个历史！而且他所进行的不止是历史批判，更重要的倒是他的政治批判与道德批判！他希望他的这本书能成为人的道德准则，更希望它能建立一种合理有序的政治运行法则。这就是这本书使“乱臣贼子惧”的原因。孔子在给弟子们讲授《春秋》时感慨地说：“后世知丘者以《春秋》，而罪丘者亦以《春秋》。”丘吉尔说，影响历史的最好方法就是写历史，“春秋”以后的历史，不都受着《春秋》的影响吗？孔子一直在参与着历史进程啊。只是他本人没有到场罢了，对后来的历史而言，他只是一个缺席者。

由此，我们读出了作为历史学家的孔子形象。

纯粹的孔子著作只有这一部，所以不能轻易下笔。

既然参与进程了，就不能说缺席了。最后两句对立中是否有统一？

七

我认为，孔子最伟大的贡献乃是他的“私学”。最初开办私学的人未必就是孔子，但把私学办成传授文化、培养人格、培养知识阶层的场所的,则毫无疑问是孔子。正是在他的私学里,才出现了中国历史上第一批真正意义上的知识分子——这些人既不是世袭贵族,也不是后来的科举士大夫,他们不是官僚机构中的成员。他们是那时代冒出来的"新人",名称叫"士",后来《礼记》宣称"大德不官",魏文侯之师田子方宣称:"行不合,言不用,则去之楚越,如脱屣然。"可以见出这些人的傲慢与偏见——对诸侯的傲慢是那么显眼,对学问的偏见又是那么深固。谁培养了这一批特行独立的知识分子?是孔子。上引的孟子与田子方都是孔门后学。所以,孔子的私学促成了文化的独立,文化由权势者股掌之间的小妾,蜕变为特行独立的汉子,"大丈夫"(孟子语)。这种文化不以取悦权势换得宠爱为目的,而以社会批判为天职。文化而以社会批判为天职,这就是文化的本质属性了。谁赋予了文化这种本质属性?是孔子。对于世俗政权而言,权力体制自身的制衡是必要的、重要的;而文化批判所产生的文化制衡尤其重要。中国后来漫长的封建社会里,之所以没能在权力体制之中产生制衡,这与封建政权把文化纳入权力体制,取消其独立性,否定其文化批判的必要性、合理性有极大的关系。也就是说,当我们否定了文化批判之后,权力内部的制衡也就相应地被消解。官僚系统之内的权力制衡,是为了政府及其各职权部门行为的合法有序及防止权力滥用;而文化批判所产生的制衡,则是保证整个社会的行为合乎人性,合乎理性。孔子以后的百家私说,不都是在这个意义上讨论世俗政权的合理性么?

什么是"真正意义上的知识分子"?"知识分子"就是"有知识的人"吗?

"今天西方人常常称知识分子为'社会的良心',认为他们是人类基本价值(如理性、自由、公平)的维护者。知识分子一方面根据这些基本价值来批判社会上的一切不合理的现象,另一方面则努力推动这些价值的充分实现。"(余英时《士与中国文化·引言》)余英时先生的解说可帮助我们理解本段。我们也可睁开眼看看今天中国有多少"真正意义上的知识分子"。

由此,我们读出了作为"真正意义上的知识分子"的孔子形象。

八

孔子曾描述过自己的形象，“学而不厌，诲人不倦，不知老之将至”。在他的身边，一批勤奋好学安贫乐道的年轻人在成长着。看看这些蓬勃的春花，他真的就想不到自己已是秋天的一枚黄叶？这句话我看应该这么理解，正是因为知道自己老冉冉而将逝，才抱定“朝闻道，夕死可矣”的信念与日逐走，学而不厌。同时又把自己的心得传授给弟子们，诲人不倦的他已是明白地知道，自己来日无多了！鲁迅晚年自知不久于人世，便一再告诫自己要“赶紧做”。孔子也是在与自己的生命赛跑，赶紧做呵。“天下无道久矣，莫能宗予，”他已无力回天了，“道不行，乘桴浮于海”，他要离开我们去那道山了！

颜渊死了，他的精神受到沉重的打击。“天丧予！天丧予！”(天要灭我，天要灭我啊！)安贫而乐道的颜回死于贫困，死后连棺材也没有。孔子为之深深恸哭。“我不为他哭还为谁哭呢?”他越来越老了，世道也越来越混乱了，不久，有消息传来，仲由死在卫国了，正中了孔子以前的忧心忡忡的预言：“不得其死”，被人剁为肉酱。仲由是众弟子中唯一敢于冲撞他的学生，小他九岁，总是雄赳赳的样子。孔子知道这个有些粗野的弟子其实最为忠厚义气，他还曾设想，当他远遁人世时，让仲由跟随着他。可现在又死在他前面了。他已经多次承受着这白发人送黑发人的惨痛了。他的心境更为凄凉了。做生意的端木赐(子贡)来看他，给老师一些周济，他正拄着拐杖在门外看西山的

由此，我们读出了作为孤独者的孔子形象。

落日，那落日如血的余晖最后一次染红大地与天空。孤独的孔子问端木赐："赐啊，你为什么到现在才来看我呢？"接着便低吟了一首绝命歌，那简单的字句和厚重的内涵使人想到宇宙中最简单而又最本质的哲理，人间的生死竟也牵动着宇宙的毁成：

太山坏乎！
梁柱摧乎！
哲人萎乎！

圣人洒泪而尽了。带着他的雄心去了。如蜡烛最后一次耀眼的一跳，熄灭了。天地之间，一片黑暗。但，也就是从那一刻起，他不再仅属于一个时代，而属于千秋万代！

后代的所有时代，如果感到孔子是"黑暗王国里的残烛"，那么这个时代就更需要孔子了！毫无疑问，我们这个时代是一个需要孔子的时代。也毫无疑问，我们这个时代最需他清醒的孤独与执着的承担。

王者师与大丈夫

尧以是传之舜，舜以是传之禹，禹以是传之汤，汤以是传之文、武、周公，文、武、周公传之孔子，孔子传之孟轲。轲之死，不得其传焉。

——韩愈《原道》

吾知言，我善养吾浩然之气。

——孟子

一

朱熹定“四书”，将《孟子》置于《论语》之后，孟子“亚圣”的地位完成形式上的最后确立。此之前，孟子是寂寞的；此之后，孟子依然寂寞，因为他的“仁政”构想不曾为当政者真心实践过。以前没有，今后也不会有。原因何在？

孟子是“亚圣”。从学问渊源上讲，他也算是孔子的嫡传。他受业于孔子的孙子子思的门人，而子思又是受业于对孔子思想“独得其宗”的曾子的，这就显示出孟子的正统地位了。这正统地位，连野心极大、用心极深、篡位之欲极强的唐代韩愈都不敢有任何微辞。韩愈可是攻坚拔固的好手，他一路势如破竹地向历史进攻，连荀子都给他推翻了，并踏上一只脚。但到了孟子跟前，也许是看看孟子太强大，自己确实不是对手，也许是自己已是强弩之末，只好打不赢就受招安，马上变幻出温驯之色，对之顶礼膜拜，并在孟子身后给自己“敷座而坐”，擦擦头上的虚汗（他的身体差得很哩），摆出一副自我作古的派头，俨然在道统中有了一席之地。

但孟子的“亚圣”地位，是不靠嫡统，不靠韩愈式的自封，而是靠他对儒门的大贡献的。也就是说，他于儒门有别人难以企及的大功勋。可以这样说，在孔门的历代弟子中，数孟轲先生最为有斗志，有干劲，有热血，而又最无私心，无势利心。一句话，最无“小”人之心。

概述三大贡献。

孟子对儒门的大贡献，至少有三点：

一是他把孔子的“仁”发展到了“义”。孔子谈“仁”也谈“义”，孟子谈“义”也谈“仁”，但两者还是有侧重点的不同。孔子重“仁”，孟子重“义”，所以孔曰“成仁”，孟曰“取义”，孔子讲“杀身成仁”，孟子讲“舍生取义”。“仁”“义”区别在哪里？其实两者本质并无不同，只是表现的地方不同。孟子就进行过区分，他说：“仁者，人心也，义者，人路也。”（仁，是人的内心修养；义，是人所遵循的正道）他又说：“仁，人之安宅也；义，人之正路也。”（仁，是人安身立命之所；义，是人行事的正确法则）孟子把孔子的“仁”发展为“义”，乃表明他更注重对人外在行为的评价，这除了表明他更希望人把仁心表现出来，施及于人，也表明他更注重实际——一个人内心的真实思想我们是无从知道的，也无须知道，无须控制也无从控制，只要他外在行为合乎道德规范即可。“义者，宜也”（义，就是行为适当）。所以，孟子的“义”比孔子的“仁”，更具体可行，操作性强。

“仁”与“义”的区别。

有一次，齐宣王坐在朝堂之上，看到一个人牵着一头牛从外面经过，这头牛一边走一边发抖。原来这头牛要被拉去宰杀，用牛血去衅钟。宣王看着这牛发抖，心里不是滋味，就下令放了这头牛，另换一只羊去衅钟。这事让孟子知道了，他据此一口咬定齐宣王有仁心（连宣王自己都不大相信），是块好料子，现在只差由他孟轲来给他雕琢成器了。孟子教导他说，光有内在的隐藏不露的“仁心”是不够的，只有把这仁心中的仁爱表现在政治政策上，推恩于天下，才真正有益于百姓。他尖锐地批评齐宣王“恩足以及禽兽，而功不至于百姓”，乃是“不为”，也就是不在外在行为上行“义”。“义”就是按“仁”的法则去做。这一点，他似乎比孔子讲究实际一些。

这就是成语“是不为也，非不能也”的来历。

同时，“义”的评价比“仁”的评价也可行得多。评价一个人的行为是否“义”（适宜），总比了解一个人的内心是否仁德要容易得多，也可信得多。

“义”简单说就是多做好事，少做、不做坏事。“好事”是什么？就是对别人有益的事。

义，对道德实践者而言，也便于操作。要真正在内心意志上达到圣人的境界谈何容易？但约束自己的行为，或者说，在内心的欲求与“义”发生矛盾时，能克制自己而屈从“义”，则较易做到。孟子可能是意识到，要求人人都有一颗圣贤之心，实在是一种妄想，现实一点的是，要人人都能对自己有所约束。应该说，孟子走的这一步，是使得孔子的不可企及的人格理想走向大众。大众不可能人人在事实上成圣，但大众可以通过自我约束，而过一种体面的生活。孔子的“圣贤”理想只能是一小撮精神贵族的追求，而孟子的“义”则有可能成为普遍的伦理道德规范。在孟子对儒学的三点发展中，这一点最值得我们肯定。

第二，如果说，孟子把孔子的“仁”从道德角度发展为“义”，那么，从政治角度，他又将之发展为“仁政”，也就是他的“王道”。在这一点上，孟夫子可是为儒家学派立了大功。孔子也讲过"仁政",但对其内涵并没有作详细的说明,显得空洞而浮泛,无论在理论层面,还是在操作层面,都没有进行有说服力的论证。是孟子接过手,把这工作做完了,而且我们还得承认,他做得蛮出色。他把孔子的伦理思想演义为一整套的政治构想,完成了由纯学术向政治实践的过渡,学者成为政治幕僚,孟子也就自封为"王者师"。

这套理论,使得学统、道统与政统融合无间,从而"学"与"仕"不再有任何学理上的隔膜,"学而仕"变成了"直通车","士"变成"士大夫"成了顺理成章之事,从这个意义上说,谁能说孟子的"融合三统"不是为后来的科举取士奠定了基础呢?

同时,这一套政治构想上有六经之依据,下有统治者之扶持,从而使儒术才能在后来"独尊"。鲁迅说,"孔夫子是中国的权势者捧起来的"。权势者为什么单单相中了孔夫子,而捧他尊他呢?就是因为孟子的这套政治理论。毋庸讳言,以道德为基础的政治必然是专制政治,而专制政治也必以道德为基础。所以,孟子的这一套建立在道德基础之上的政治构想,必然与专制政治"狼狈为奸",从而贻害无穷。

简单地说,孟子的政治构想是这样的,很有一厢情愿的味道:人本性是善的,因此就有仁心的苗子,把这仁心加以扶植,不让其放失,且使之枝繁叶茂,便是养身了。然后用自身这光辉的形象作样板,"刑于寡妻"(给妻子做道德示范),便是齐家;"以御于家邦"(以此治理家国),便是治国;用仁政治国,就是行王道,行王道当然是"天下莫之能御"(天下没有人能够抵挡),从此天下太平了。这种构想的幼稚性实在太

此后的中国学者有几个没有做过幕僚?

从"学而仕"到科举取士,孟子的"融合三统"具有重要的贡献。这是鲍先生的发现。用"发现的眼光"读书,在阅读中有所发现,这是读书的高境界。

这是一个较难理解的问题。民主政治的基础是法制。法制基础体现在政治上就是以法为准绳的权力制衡。道德是个人通过"休养"完成的,它没有约束机制。当人获得的权力是建立在没有约束的基础上的时候,权力就成了主宰政治的唯一力量。极权政治就产生了,专制政权就产生了。

对此,也许我们还要探讨一个问题:"仁政代替杀戮的意义"。也许只有这样,我们才能更加全面地认识儒家倡导的"仁政"的历史意义。

明显了，而这种幼稚的政治构想竟然蒙蔽了整个中国封建社会，那些劳心竭虑想求治的士人们只知道耐心地等待一个不失仁心且能把这仁心推恩到广大百姓的圣明君主，并且在无数次的失望后也想不出要另谋生路。直到"五四"后，以蔡元培、李大钊、胡适等16人为代表的知识界，还提倡什么"好人政府主义"呢。在孟子这一棵树上，吊死了多少代的英雄豪杰与智谋之士？这里面有统治者的阴谋吧？但我想，关键还在于文化自身的缺陷。即此一点，我斗胆说，中国的封建文化，有它不成熟并且永远也不可能再成熟的地方。现代的读者能觉得出孟子这一套构想的幼稚，应该说是得力于"西学东渐"，知道换一个角度看问题，从而换一种活法。古代的那些智谋之士，其个人智慧不管多大，也不能窥破这个文化阴影之中的机关。孟子的这一套宏伟的雄辩滔滔的政治构想，包含有严密的逻辑推理，似乎有不可摇撼的威严和合理性。但我想，他的前提是否错了？一旦不能证明人性是善的，并且君主们都能不丧失这微弱的善的小苗苗，且在花天酒地醇酒妇人以及血腥"相斫"时，还能扶植这个小苗苗，使之蔚然而成大气候，那么，孟子的整个政治建筑都将土崩瓦解。这就要谈到孟子的"性善论"了。

性善论是孟子对儒学的第三大贡献。孔子不愿意谈人性，他可能意识到这是一个不能解答的问题。《论语》中只模糊地提到"性相近，习相远"，只说人性之初大致相近，有共同的人性，并未作善恶之分。所以，从这一点讲，孟子道性善，荀子言性恶，都与孔子不矛盾。但孟子的性善论实为儒家哲学、伦理学、政治学之基础。在这一点上，孟子对儒家可谓功勋卓著。后来程朱等人严厉批评荀子的性恶论，并借此认定荀子已失去儒家的根本，他们也算明白人，知道在性善问题上决不能作丝毫的让步，因为这一步让出去了，儒家就没有立锥之地了。但孟子在他的七篇大作里并没能证明"人性善"。程朱等，也还是不能证明"人性善"。

傅伟勋先生在他的《儒家心性论的现代化课题》一文中，列出孟子证立"性善论"的十大论辩。但傅先生也客观地指出，这十大论辩都不能直接证立"性善论"为真。既如此，那就不管数量多少也没用了。十个不完全的论证，不能凑成一个完全的论证。一百个也不行，一千个一万个也不行。

可以说，在对人性本善的论证上，聪明绝顶的孟子已经绞尽脑汁了，能想到的都想到了，能利用的都利用了，以致后来的程朱及当今的第三代新儒家们，再也不能提出什么新的证明，像程颐和朱熹，就喜欢故作高深地发些大可不必的感慨，常常在《四书》的某些字缝里写上什么"学者宜深思"字样——他们说不明白，就叫我们去深思，可我们想来想去也就那么一点意思。而就为这点没有什么意思的小意思，我们一代一代毫无出息毫无建树地老去了。

我想，人性问题，无论是证善，还是证恶，都缺乏足够的理论支持。这极有可能是一个不能证明的问题。它不属于理性范畴，而可能属于非理性范畴。孟子运用不少经验证明，我们说，经验证明不是有效证明，同时，我们还可以举出更多相反的经验。比如，孟子用"恻隐之心"来证明人性本善，使用的就是经验证明。我们几乎每个人都有触动恻隐之心的经验，好像

人性善？人性恶？中外都有争论。其实这是一个不可求证的问题，就像我们不能证明我们的身体是善是恶一样。我更认同孔子的话："性相近，习相远。"

看来，在什么地方"深思"很有讲究。

其普遍性足以证立人性本善。但是,我们是否也普遍具有"小人之心"的经验呢？如同孟子所说,我们看到一头牛将被杀,一个小孩将落井,马上就会有怜悯和救助之心涌现;但另一方面,我们是否也暗暗地有一些别的思想和情感,比如妒忌、争夺之心等呢？

所以,若以经验来证明,我们也可以证立人性恶。此外,孟子还特别喜欢类比证明。但用比喻论证实在是冒险的证明,也是证明的冒险,当然,也可能是一种有意为之的骗局,这要视证明人的品性而定。

告子认为,人性如同流水,挖开西方则向西流,挖开东方就向东流。所以,就如同水没有一定的方向一样,人性没有善与不善。孟子批驳说:"水确实不分东西,但也不分上下吗？人性的善,就如同水往下流一样。人的本性没有不善的,水没有不往下流的。"告子用比喻例证,孟子也用比喻反驳,而且也以水为喻,真正的善辩,就地取材,操斧伐柯。但告子似乎仅仅以比喻来说明,而孟子则直接用比喻来证明。用比喻来说明是可以的,但用比喻来证明则是不允许的。在这里,孟子就犯了两个错误。一是水固然往下流,但这也不是水的本性,这是地球引力的结果,与告子所说的往东往西流一样仍然是外在影响。山上的石头若失去支撑和摩擦力,也会往下滚呢。往下的岂止是水。孟子不懂地球引力,但他看不出万物都向下落吗？难道有人看见苹果落地会发现地球引力,而我们就只能以此证立一种道德观点吗？孟子犯的另外一个错误是,这个比喻论证可以证立其真,也可证立其伪,也就是说,水永远向下,只能比喻人性有一固定趋向,但并不能证明它的具体方向。我们把孟子的原话

以其人之道,还治其人之身。

改动一个字看一看："人性之恶也，犹水之就下也，人无有不恶，水无有不下"，改"善"为"恶"，这个比喻不仍然成立么？孟子能证明什么呢？

二

既然我们不能从事实上证明人性善或恶，那我们可能就不得不退而求其次，作价值层次上的选择。孟子就是这么做的。他已被自己的证明搞得焦头烂额了，还不如趁早摊牌，获得解脱。他有一句话，表明他认定性善，乃是出于价值考虑而非事实认定。这句话是："言人之不善，当如后患何？"——他的意思是，你若说人性不是善的，那么人要是做了坏事，并安心于做坏事，且声称这是出自人的本性，你有什么理由制止他呢？唉，这位天真迂阔的孟夫子，他竟幼稚到想用道德激励的方法来防止罪恶！后来，我们也就这么干了。我们喊几声"皇上圣明"，心里并不认为那个戆大真的圣明，而是想借此鼓励他变得圣明一些；喊"皇上仁慈"，也并不认为那凶徒真的仁慈，而是想借此使他不好意思凶恶。噫！当我们认定性善，撤去一切自我防范，把一切都交给这个伟大光荣正确的皇上后，我们除此之外，能有其他什么法子么？谁让我们撤除了对权力的戒备呢？是"人性善"呀！所以我们也只有等待着君主们偶一良心发现，像爱惜一头牛一样爱惜我们了。

几千年的事实证明：此路不通，我们都错了！

写到这里，我想起了黑格尔关于人性的议论。他也承认无法从事实上证立性善或性恶，所以他认为，说人性善或说人性恶都对，但他下面的话很有意思：

"伟大""更伟大"，都是价值判断，都不是事实判断。看来，东西方对人性善恶问题取同一认知方法，只是取舍不同。

"人们以为,当他们说人本性是善的这句话时,他们就说出了一种很伟大的思想;但是他们忘记了,当人们说人性是恶的这句话时,是说出了一种更伟大得多的思想。"为什么说人性恶比说人性善伟大得多?我想,在这里,精通逻辑思虑冷静的老黑格尔显然比冲动激情的孟夫子老成而深刻,而中西文化在这里显然分出了一些优劣:说人性善,只能祈求人们向善,它相信人的自我道德约束,最终导致的是政治专权;说人性恶,便能积极地去防恶,它导致的是对权力的制衡。真的,孟子说出了一种伟大的思想,老黑格尔却说出了更伟大得多的思想。

三

孟子的言论,往往有不刊之论,这是其不朽之处。但这也是他的障眼法。读者读他的那些正大之论,会被他的道德正义所感染,热血沸腾中心旌摇荡,从而忽略了他的不通事实、不合逻辑处。他的正大之论,往往和他所要解决的具体问题不构成对应关系:他的哲理,或不能从他摆出的事实中推理出来,或不能解答他要论证的问题。所以,他的文章,徒以气势胜,而缺乏内在逻辑。为了说明这一问题,我们举一例,《公孙丑》上:

> 孟子曰:"矢人岂不仁于函人哉?矢人唯恐不伤人,函人唯恐伤人。巫匠亦然。故术不可不慎也。孔子曰:'里仁为美。择不处仁,焉得智?'……不仁、不智、无礼、无义,人役也……"

我试着翻译一下：

> 孟子说："造箭的人难道(天生)比造铠甲的人不仁吗？造箭的人唯恐不能伤人，造铠甲的人唯恐人受到伤害。(唯恐自己的法术不灵救不活病人的)巫医和(唯恐不死人棺材卖不出去的)木匠也是如此。所以选择职业不可不慎重啊。孔子说：'自居于仁的位置是最好的。选择自己的位置时不自居于仁，哪里算聪明呢？'……不仁、不智、无礼、无义的人，只能做仆役……"

这一段话前面几句所叙的事实是正确的。它恰恰说明了抽象道德观念的无用。人的行为有一具体目标，这一目标即是利益及其最大化，而非抽象的道德。道德只是对实现这一目标的行为进行规范化，使之合理合法有序地运作。但孟子得出的结论不是这样，而是正相反——他由抽象道德至上的观念得出了"术不可不慎"的结论，实在令人匪夷所思。如果照他的说法，人在造箭与道德之间只能做出一种选择：要么去造箭而不要道德，要道德就不能造箭。而他是鼓励人们不造箭以完成道德自我完善的。但我担心的是，如果像他说的那样，道德自我完善是完成了，而他所极力称道的商汤周武的征伐却完不成了：他们哪里有弓箭去征伐呢？而那些为商汤周武的征伐而造箭的人也是不仁的吗？

再之，孟子讲厚葬，他对古代的棺椁大小尺寸了解得很透彻，主张"不以天下俭其亲"，并且身体力行地厚葬了自己的母亲。如果他要求造棺材的木匠都

这是孟子的弱点，或者说是缺陷。这规定了孟子只能成为文学家，直接影响了他成为真正的哲学家。文学家感情用事，哲学家处处求真。

以子之矛攻子之盾。

谨慎地重新选择自己的职业，以完成道德自我完善，那孟子葬母的大典就完不成了，除非孟子自己去造棺。而那为孟子先母造棺椁的人也是不仁的吗？

况且，没有了箭，还要铠甲干什么呢？如果没有了“自居不仁”的造箭者，“自居于仁”的造铠甲者不也消失了么？

如果说，孟子的“术不可不慎”是说，职业（或专业）也有道德与非道德之分，那么，他的“为役”论，则又好像在说，地位的高低也有道德与非道德之分。一个大思想家竟然糊里糊涂地搞出这么一个结论，真让人为他脸红。但程朱们还在那里喝彩不迭呢！比较一下庄子的“盗亦有道”，我总觉得还是庄子可信一些。

做人作文都应力避“四辞”。

我有时在家里发呆，像孟子这样绝顶聪明的人，何以会犯这么多简单的逻辑错误。他不是说他为人有两大优点，其一就是“知言”么？他曾指斥过他那个时代言论上的诸多毛病，把它们概括为诐辞（偏而不正的言论）、淫辞（过头的言论）、邪辞（不正当的言论）、遁辞（吞吞吐吐的言论）。其实，他著作中的诐辞、淫辞、邪辞与遁辞比谁都来得多，来得绝，来得固执，来得自信与傲慢，当然，可能还来得自觉与故意。后来，我渐渐看出门道，原来孟子谈问题，不是在说“这样是真的”，而是在说“这样是好的”。所以，他所谈的，不是真理，而是道理。他认定价值判断优于事实判断。甚至对历史，他也采取这种态度。他所谈的历史，往往不是事实中曾有的历史，而是他想象中的历史，在想象中美化或丑化的历史，或者说，是他主观中的历史。你看他谈尧舜，谈汤武，谈他们的立身、行

孟子“有意为之”，且影响及于今，多么可怕！学者应当自省。

事和政绩,哪一点不是他主观认定:“该是这样的”?用这种态度来研究历史,是不科学的,但他的这种方法,却影响了中国几千年,影响了中国知识界几千年来关于历史的信念和道德的信念。他和孔子一起,几乎是“创造”了一个上古的历史。

司马迁给孟子作传,只寥寥数言,比他给老子、孔子、庄子、韩非子所作的传都要短,甚至短得多,还不及那个齐国怪杰邹衍的传长。司马迁大概是不大喜欢孟子对自己那一套理论的狂热吧。传中说,梁惠王认为孟子是“迂远而阔于事情”,这很可能也是司马迁的看法。因为紧接着,司马迁就说,孟子的时代,秦国用商鞅,富国强兵;楚魏用吴起,战胜弱敌;齐威王、宣王用孙子田忌之徒,逼得诸侯都向东朝拜齐国。天下这时都在搞合纵或搞连横,以能攻善战为本事,孟子却一味在那里说什么仁政,当然不合时宜了。

此时倡仁政是反对杀戮,其现实意义重大。孟子能坚持自己对整个社会潮流的独立立场,已经够伟大了。

总之,孟子用正义的原则来代替逻辑的原则,又用他那半通不通的逻辑推理代替事实,正如同用复仇行为代替法律审判,又用推理来断案。但读复仇故事比旁听法庭审理过瘾,读孟子的文章就有这种过瘾的感觉。在先秦散文大家中,数孟子和庄子最为偏激,最钻牛角尖,但他们的文章却也因此最好看。与偏激的人聊天较有趣味,与公允之状可掬的人打交道则乏味透顶,读文章也是如此。张岱说:“人无癖不可与交,以其无深情也;人无疵不可与交,以其无天真气也。”是的,庄子有大癖,所以他的文章中有大深情,深不可测;孟子有大疵,所以他的文章有天真气,真气淋漓。他们的文章,算是天下之至文了!

最难赋予文章的是率真品性。

四

孟子政治构想的脆弱易碎,还不仅仅在于他的立论基础"性善论"的可疑。这只是第一个问题。还有第二个问题,这个问题同样致命。这第二个问题是:即便出现了一个绝对的圣人,而他又具有了绝对的权威,他能仅凭一己的道德示范治理天下吗?结论是明显的,韩非等人也早就提出过这个问题,并给予了否定的回答。我曾写过一篇文章,叫《孔孟的道德和家庭》,发表在《美文》1997 年第 9 期上,就是为了刺一刺那个什么"内圣外王"之道的。因为这篇文章与孟子的政治思想关系极大,就转录于下:

> 被列入儒家经典"四书"之首的《大学》上,有这样一段话:"古之欲明明德于天下者,先治其国;欲治其国者,先齐其家;欲齐其家者,先修其身;欲修其身者,先正其心;欲正其心者,先诚其意。"一气贯注又大气磅礴,雷霆万钧而席卷天下,你根本无机会清醒就已点头称是,唯唯诺诺,这也实在是作文唬人的一个好法子。然后,它笔锋一转,又来个逆向推理,顺原路横扫回去,更其驾轻就熟,势不可挡:"意诚而后心正;心正而后身修;身修而后家齐;家齐而后国治;国治而后天下平。"——好厉害!老子说"治大国若烹小鲜",怕也不比这更洒脱倜傥了。记得我初读《大学》时,见此一段高论,立刻佩服得五体投地,俯首帖耳。对什么"内圣外王"之道啦,

新儒家所谓“内宇宙外宇宙”啦，更是心仪不已。以后每念及中国历史之黑暗与残忍时，都愤愤然于历代统治者之不诚意不正心不修身；又每每哀叹何以几千年的封建社会，那么多走马灯似的皇帝，“圣明天子”，竟无一人能行王道。但我又想，孔子一直是被人称为德配于王而无王位的，甚是可惜了，孟子在这一层道德与遭际上也与孔子差不离，若是孔孟能当政，大概他们是能做到修身齐家治国平天下的。于是我便自然地迁怒于卫灵公、鲁桓公以及齐宣王、梁惠王之流了。

不能完全否定“道德感化”。儒家的问题是把道德感化推至了一个绝对的高度——“内圣外王”。

但是，我对于孔孟之道的信仰，却在某一天变得不自在了：照《大学》上的理论，是修身便能齐家，家齐便能治国，国治便能平天下的。孔孟没有机会去治国平天下，我们一直是认为他们有此能力而无此机缘，有此理论却又被现实扼杀的——但他们的家，齐得怎么样呢？如果用他们的这套理论，果然治得家里父慈子孝、夫良妻贤，那倒还好，还真让我们为他们的不得志而抱怨于千载之下，但若他们的家齐得不好，就是说，凭他们个人巨大崇高的德行，甚至不能感化妻子，我看这一套理论就得崩溃，这实在关系着儒家的命脉，新儒家们可要当心了。

“内圣”没有什么不好。今天我们不一样提倡道德修养吗？只是“内圣”不能与“外王”必然联系在一起。治理天下仅靠道德提倡与感化显然是远远不够的。

我的这种挨千刀的想法是在某一天无聊，一人琢磨《论语》时想到的。《论语》中有孔子这样一句感喟：“惟女子与小人为难养也，近之则不逊，远之则怨。”这话是大家都熟识的，但这里面有一个问题。我们知道，孔子是一生不和女人有瓜葛的，他曾很愤激地说过“吾未见好德如好色者”的话，这话也可算是一个证据。况他手下有三千弟子七十二贤者，有一些高足们更是行则同车止则接席，老先生若是和女人有来往，肯定不大便当，也有损形象，并且《论语》中确也无这方面的记载——古代严正的哲学家和现代浪漫的艺术家是有不同的为人风格的。他老先生只是在恓惶中和卫君的那位美而妖的南子夫人乘车在街上风光了一回，就遭到了认真而呆板的子路的质疑，弄得他指天发誓说明自己清白。人到了“圣人”的地步，就不大能恋爱自由了。所以我想，孔子这句发自肺腑的感慨决不是经历的女人多了，在女人那里吃的亏多了，才这样醒悟的。小人他倒是碰到过不少，并且是大吃其亏。又，孔子那时，还没有《妇女心理学》《第二性》这一类科研项目，他老先生自己热心安邦治国，要“兴灭国，继绝世，举逸民”，任重而道远，对女人问题他并没做过专门研究，没有办妇女杂志，没有散发一些心理咨询的表格让女人们填写，更没有带上录音机去采访女名人或女明星，然后一同很暧昧也很兴奋地喝咖啡吃螃蟹——那么，他的这句意味深长的感慨因何而发？毫无疑问，来自他的夫人。（总不会有什么新儒认为孔子有丰富的外遇或者认为孔子这句感慨来自他那位守寡一生的孤苦的母亲吧）。对圣人的这位悲苦的夫人我们现在茫昧然了，好在孔子有子名伯鱼，由伯鱼可以逆推其母的存在。现在我们来平心静气地研究孔子的话：“近之则不逊，远之则怨。”更可知此

鲍先生的“戏说”或许有几分道理。

"难养"的女人,实即孔夫人无疑,不然孔子还和另外哪位女人有此种有时近有时远,聚合又分别,分别又聚合,忽而亲如胶漆,忽而疏如楚越的丰富体验?而这也正是孔夫人的写真。当圣人"志于道"而周游列国的时候,孔夫人独守空房,能不有些闺怨之情?她又不是"志于道"的女圣人。待终于盼到丈夫归来,当然想亲热一些,大概圣人还是板着因壁碰得太多而铁青的面孔,一副圣人样而非丈夫样。孔子不怪自己疏于齐家,轻视夫人,反而怪妇人不逊且怨,并进而推论凡女性皆难侍候,这总不大公道吧。

再看亚圣孟轲先生。在他的七篇大作里,也没有提到孟夫人。他在齐国稷下很阔地做客聊时,孟夫人是否也一同享受荣华?好像也没有,他是把自己的夫人丢在家里自己去做独闯天下的"大丈夫"的,不过他有"以顺为正者,妾妇之道"的话,可见其对女性的面孔。《韩诗外传》载,他的夫人傲慢,他就要休她,这比孔子更冷酷了,孔子只装成一个左右不是的受气包的样子。《列女传》说孟子夫人在自己卧室中袒露了些,孟子就不进房门。这更可怖,要在今天,肯定会被怀疑为生理不正常者。今日的歌舞影星袒露于舞台,众目睽睽,不也光彩得很么。

由以上看来,即便是在人伦最高等级的孔孟圣人,也是没有齐好家的,至少他们的夫妇关系就不和,甚至要离婚休妻。而照儒家的说法,是先有夫妇然后有父子(孝),有父子然后有君臣(忠)的,可见夫妇是家和国的基础。而这两位儒

应当总结了。

家偶像，一个是抱怨夫人怨而不逊，难侍候；一个是怪夫人傲慢且有些“媟黩”，要休掉。我真不知道孟子在齐宣王面前大肆吹捧王道时，内心是否虚怯。他甚至还敢于引《诗经》中赞美文王的诗呢，《诗》云：“刑（型）于寡妻，至于兄弟，以御于家邦。”真是言之凿凿，气壮如牛，但不知内心是否惴惴不安。大概宣王忠厚，不知道孟子夫妇不和，不然反将孟子一军：“你先用道德感化你的妻子给我看看。”那真会出现历史上最大的笑话。

前者是推论，后者是引用。在此归结。

韩非子是曾怀疑过舜的，他说，舜既然能用德行治好天下，为什么在他没有得到禅让的权势之前不能感化他的父亲瞽叟、他的后母及兄弟呢？我也在这里怀疑孔孟之道，既然儒家代代都有人鼓吹道德可以治国，治国根本在于修身，为什么即便德高如孔孟，都感化不了自己的妻子反而闹得要离婚呢？

同类仿说。

上文提到傅伟勋先生在他的《儒家心性论的现代化课题》一文中，说孟子关于他的“人性善”有“十大论辩”。但真理只需要一个证明，甚至不需要证明，几何学中“两点之间直线最短”就无须证明，连狗都知道循直线跑去抢骨头，而不是弯弯绕地去。所以，我以为，要批倒孔孟或礼赞孔孟，不需要人山人海的大批判，也不需要学者们的什么“现代化转换”之类的学问和工夫，只要请出孔夫人、孟夫人，让她们谈谈孔圣人孟亚圣如何理家及其效果，即可。《大学》上不是明白地宣称“其家不可教而能教人者，无之”吗？即便“内圣”了，“外王”还不是一句空话？

五

孟子是一个颇多争议的人物，这一点不比孔子，孔子坚如磐石。最早批评孟子的是荀子，这位和孟子同在稷下、同尊孔子的后辈好像和孟子有些过节，他对孟子的批评非常地感情用事，很有一些泄愤的味道。这与他一贯的公允平实大相径庭。到东汉更有王充，用极为刺眼的《刺孟》来刺他。不过，总体而言，荀子批孟乃学术之争，颇有创见；王充《刺孟》虽然不免强词夺理，乱刺一通，但他的着眼点仍在寻孟子的逻辑错误与言行矛盾，并还真的找出了一些孟夫子在夸夸其谈时犯下的错误，对我们颇有启发。而后来的一些卫道士们对孟子的批评就不同了，他们批评孟子，不是学术之争；相反，他们对孟子的那一套政治构想是无条件赞同的，他们批评的是孟子的人格。在与君主的关系上，孟子“大丈夫”气太足了，使乐于做妾并做出甜头做出味道来的他们颇为心烦。比如程颐，他赞孟子“仁义”，赞孟子“养气”，赞孟子“性善”，赞孟子“以道自任”，一路赞下来，却在另外一处停了下来，瞧来瞧去不顺眼，嗅来嗅去不是味：“孟子有些英气”——他说对了——“才有英气，便有圭角”——他又说对了——“英气甚害事”——害什么事呢？照他的意思，当然是害成圣成贤之事。但我还是戳穿了他说，害成妾成臣之气。

程朱理学主张“灭人欲”。“英气”是人欲的彰显，当然要不得。

孟子有英气，英气勃发，那是丈夫初长成时的阳刚之气，浩然之气。孟子有圭角，凛然难犯，那是男儿的铮铮傲骨，无一丝邪媚之态。这正是孟子最了不起的地方。

我喜欢孟子，乃是相较于程朱们的，就人格而言，我喜欢堂堂正正的刚烈汉子，而讨厌那种百媚千娇的温软小妾。孟子比起程朱，确乎是顶天立地的豪杰，硬汉子，他的浩然之气充塞于天地之间，使得后世的曲学阿世之流愈显卑弱而孱头，他的粗嗓门发出的是黄钟大吕般的声音，愈显后儒们的声音如尖细的秋虫之鸣。

中国古代政治与文化的关系，恰如夫妻关系。有时文化甚至连妻的地位都没有，而是妾。妻妾很小心地侍奉丈夫，温柔敦厚，即便怨也不能怒，即便哀也不能伤。“夫为妻纲”与“君为臣纲”是并列的，文人一旦做了“臣”，君就是他的纲，而“臣”与“妾”合成一个新词叫“臣妾”。可见做了人家官僚机构中的一员后，便如同做了妾，臣为君所弃，或降职，流放，亦如同美人之失宠，打在冷宫。这一点，连旷代的大英雄，以50人冲入对方5万人大营活捉叛徒的辛弃疾也不免，他就以汉代失宠于汉武帝的陈皇后阿娇比喻自己失意于宋孝宗。我在教学中，每当讲到他这首“敛雄心，抗高调，变温婉，成悲凉”（周济评语）的《摸鱼儿》词，便心灰意冷。纵使你有万丈雄心，碰到哪怕是像宋孝宗这样的庸碌的君，你不也一变而为温婉又悲凄的小妾？这种文化传统太可怕了。

文化没有独立性，依附于政治，文化人最终就摆脱不了悲剧的命运。历史上的文化人很少有人能摆脱这种命运，令人战栗。

但在孟子的时代情形还不是这样。至少那时候诸侯多，又没有包办婚姻，更没有“一女不事二夫”之说，所以，可以移情别恋，也可以独身。孟子就有意识地保持自己的独立，宁做处士（这个“处”也是“处女”的处呢），也不随便入你彀中。他在齐国就只做客卿，“不治而议论”，在“不治”中保持“议论”——也就是

后代知识分子无有出其右者。陶渊明至少做过县令。仅此一点，孟子就足以归入“伟大”之列。

文化批判的权利、自由与视角,保持文化的独立品格,他说,“以顺为正者,妾妇之道也”。妾妇之道也就是为臣之道,他不愿意顺,所以他不臣。他要做“王者师”,王者若不认他这个师,他就做独立的大丈夫。不吝去留,了无牵挂,就是不做委身事人的臣妾。

李贽曾倾心赞美齐宣王为“一代圣主”,这个意见我也是同意的。至少从胸襟气度上讲,古往今来,比得上齐宣王的还真不多见。让一帮人在他身边“不治而议论”,专挑他的不是,他还供给这些人很不错的饭碗、别墅和车辆,宣王大矣哉!

宣王的资质禀赋也很不错,所以他成为孟子最好的对话者。哲学往往就是在智者之间的对话中自然生成。不过像孟子那样盛气凌人,党同伐异,一般人是不愿意和他辩论的。他在稷下学宫就好像没人和他辩。他的“好辩”名声太大,而且一辩就必欲置对方于死地,辩论风度极差,一点也不费厄泼赖。甚至辩不过就骂,比如他骂杨墨:

> 杨氏为我,是无君也;墨氏兼爱,是无父也。无父无君,是禽兽也。(《滕文公》下)

这种骂法,人们当然对他敬而远之。孟子此时会有独立荒野,拔剑四顾无敌手的寂寞吧。这时齐宣王常派人来请他去聊聊,实在是雪中送炭的。但他偏偏还摆架子,说什么圣君有不招之臣,必须先师之然后臣之,让齐王来见他。他先糊弄出一个理论根据,说人受尊重有三点:年纪大,学问大,地位高。宣王只占了一条地位高,而我孟子占了两条,二比一,当然应该

“大丈夫人格”的深层基础是独立人格。

“道”与“势”。几千年来人与人之间的不正当的关系是“道”媚“势”。“势”凌“道”。所以常见的是弃“道”趋“势”,曲己附势。

是他来见我。孟子的朋友景丑就责怪孟子说:“我是常常看见齐王敬重你,而从未见过你何时敬重过齐王。”孟子食人之禄却没有一点谀媚之态,反而端起碗吃人酒肉,放下碗骂人爹娘,颐指气使,大大咧咧,如同别人欠了他什么!宣王位尊权重却没有一点蛮横之状,反而恭敬有加,小心翼翼地听从教训,如同犯了错误的学生。这是理想的文人与侯王的关系,也是理想的“道”与“势”的关系。我们算是在孟子那里见着了,就凭孟子让我们开了眼界这一点,他也理当受我们三拜。

孟子好骂。他骂杨墨,但他更骂诸侯。他常常骂得齐宣王“勃然变乎色”,“顾左右而言他”。对梁惠王梁襄王父子,他好像尤其恼火,一则当面骂梁惠王“率兽食人”(带着野兽来吃人!),这简直是说出了专制君主的共同兽性。“不仁哉!梁惠王也!”再则背后骂梁襄王“不似人君”。他把当时所有的诸侯,一律骂为“五霸之罪人”,全都“嗜杀人”。我以为,在先秦,有五种主要的人格理想(详见有关庄子一文),其中一种就是孟子式人格,孟子式人格是什么?就是大丈夫!

> 以顺为正者,妾妇之道也。居天下之广居,立天下之正位,行天下之大道。得志,与民由之,不得志,独行其道。富贵不能淫,贫贱不能移,威武不能屈——此之谓大丈夫!(《滕文公章句》下)

“奴才”人格乃“势”使然。中国人要去除奴性,重塑人性,任重而道远。

由“大丈夫”到“臣妾”,再到清代的“奴才”,这是中国封建专制社会的人格史。

我们再看看孟子“大丈夫”的表现。孔子是“畏大人”的，而孟子则越是在“大人”面前，越是昂藏一丈夫：

说大人则藐之，勿视其巍巍然。堂高数仞，榱题数尺，我得志弗为也。食前方丈，侍妾数百人，我得志弗为也。般乐饮酒，驰骋田猎，后车千乘，我得志弗为也。在彼者皆我所不为也，在我者皆古之制也。吾何畏彼哉？（《尽心》下）

他们的那种种腐朽与堕落的生活，即使我得了志，也不愿意做，那我为什么还怕他们呢？真正是“壁立千仞，无欲则刚”。这种正大光明，这种浩然正气，使得一切蝇营狗苟者都黯然失色。只有在这种伟大的“民”面前，君才会“轻”。孟子大倡“民贵君轻”，不亦宜乎！

待文王而后兴者，凡民也；若夫豪杰之士，虽无文王犹兴！

我很惊讶这样的话出现在孟子的作品中。我想，这是孟子政治思想的光辉顶点。伟大的人民能管理好自己，他们不需要圣贤与帝王的安排！“从来也没有什么救世主，也不靠神仙皇帝。要创造人类的幸福，全靠我们自己！”

孟子的这种人格，也是时代的赐予。孟子是他那个时代原野上的参天大树，也仅仅那个时代的原野可以有参天大树。随着专制渐深，能生长的也只有一些“无人知道的小草”，而满足于“大地把我拥抱，太阳把

“民贵君轻”还不能完全反映孟子关于民与君的关系的思想。孟子说：“民为贵，社稷次之，君为轻。”相对于民，国家不重要；相对于国家，君不重要。君与国家相对，不能直接与民相对。所以，不是简单的民贵君轻，而是民高高于君之上，君匍匐于民之下。历史、现实中竟反之。可悲可叹。

我照耀”了。这些小草没有精神,没有性情,当然也就“没有寂寞,没有烦恼”。时乎!时乎!明太祖朱元璋,就不能容忍孟子。他年轻时不读书,只杀人。待到杀上王位,才开始读书。一读,才知道那大名鼎鼎的在孔庙里配享孔子,受后人祭拜的孟夫子,原来对权势是如此的大不敬!专制魔王大动肝火了,他破口大骂:“这老东西如果生在我明朝,他能免于一死吗?”

朱皇帝恨不得把他大明王朝的鬼头刀伸向先秦,去砍杀孟轲。他可能在他阴森森的宫殿中谋算过,要学伍子胥去掘坟鞭尸吧!至少他是把孟子从孔庙中赶出来了,把他的书删节了,还让卫士们用箭射他。我在六百多年后仍能听到朱皇帝咬牙凿凿,仍能看到他眼中的邪火闪闪,但反过来看,一个人的文章能让千年之后的暴君恶棍如此咻咻不已,肯定是好文章。暴君的切齿声,是对文章的最高评价。

李贽赞美齐宣王为“一代圣主”,信夫!

但朱元璋的这一骂,也使我悚然而惊:孟子如此大倡民贵君轻,辩才无碍,口若悬河,理直而气壮,气盛而言宜,若在后来大一统的专制王朝,早就祸从口出,断送老头皮了。哪里还有什么机会去做“亚圣”,与孔子一起享用冷猪肉?

单元链接

《论语》的许多章节,《孟子》中《梁惠王》《告子》的部分章节是中学语文课本中的常客。《黑暗王国里的残烛》《王者师与大丈夫》两文对这些章节都有涉及。两者可参照阅读。

关于《论语》《孟子》的阅读参考书,较接近中学生朋友的有鲍鹏山《〈论语〉导读》(中国青年出版社 2017 年版)、杨伯峻《孟子译注》(中华书局 2010 年版)。

第三单元

DI SAN DAN YUAN

荀子与韩非，一个儒家，一个法家，将他们置于一个单元，是取两者的相通之处。

韩非师从荀子，老师的思想在弟子身上得到彰显：荀子倡“人性恶”，“这便是法家思想尤其是韩非思想的总基石”；荀子倡“法后王”，这便很自然演变为韩非式的极端的“尊君”；荀子养在深闺待嫁帝王家，韩非则完全将人作为人的最可贵的独立性卖与帝王家。封建专制理论构建的完成以荀子为起点，以韩非为终点。

阅读《养在深闺人未识》《折断的双刃剑》两文，与现代民主、法制思想相参照，你将获益良多。

养在深闺人未识

荀卿嫉浊世之政,亡国乱君相属,不遂大道而营于巫祝,信机祥,鄙儒小拘如庄周等又猾稽乱俗,于是推儒、墨、道德之行事兴坏,序列著数万言而卒。

——司马迁《孟子荀卿列传》

偏激语。

二千年来之政,秦政也,皆大盗也;二千年来之学,荀学也,皆乡愿也。惟大盗利用乡愿,惟乡愿工媚大盗。二者交相资,而罔不托之于孔。

——谭嗣同《仁学》

孟子的方向是"圣人",荀子的方向是"君子",两者的方向都不是"人"。再往后,统治者训化的就成了"愚民"了。

一

写出"养在深闺人未识"这个题目,我是在说,儒家学说到了荀子,如同深闺美人一般,初长成啦!春心动啦,可以嫁人,相夫教子啦。嫁谁呢?当然是嫁与帝王家。相夫,就是相帝王,这"相夫"之"相"与"宰相""丞相"之"相"是一个意思。"教子"教谁呢?教化人民啊。官为父母,民为子女,视民如子嘛。当然,更下之,则民为禽兽,如此更需驯育,教民也就成了"牧民"的重要手段:先驯化之,然后再驱使之。汉代官职中,"牧",就是把民当禽兽"牧",生而野性,何以

孔子讲"兴于诗,立于礼,成于乐"。人的成长从读《诗》开始,然后用礼来规范,用音乐来化育。这成长三部曲,充分彰显了孔子"知生""事人"的"把人作为人"培育的最可宝贵的教育思想。令人遗憾的是,孔子之后都把这一宝贵思想丢了。孟子强调勿丧仁义,学习是为了使自己守住本性。荀子强调"积善成德",学习是为美其身。

孔子是仁者,本质是爱人。

能牧？当先教之。以何教之？以荀子思想。“之子于归，宜其室家”（《诗·桃夭》），荀子思想确实很宜帝王之家。班固言儒家：“出于司徒之官，助人君顺阴阳、明教化者也。”（《汉书·艺文志》）果然！“相夫教子”——相人君教百姓——这是儒家几千年来的传统角色。

可以这样简单勾画一下春秋战国之时的儒家人格史角色史。孔子是没落贵族中流落到市井中去的、不谙世情一片天真的子弟。他有一种高贵的品性，近乎淳朴的品性，他也有着贵族的爱好与教养：音乐、艺术、射、御、《书》《诗》《易》……但他不得不在市井中厮混，从而对下层人民有了了解与同情，并在此基础上，创立了他的“仁者爱人”的仁学思想与大同思想。但他骨子里仍是日日盼望着回到他祖辈曾在的圈子中去，所谓的“兴灭国，继绝世，举逸民”，真是他的朝思暮想，当然也是他这个“逸民”的一片痴心在妄想。所以，他如同曹雪芹“秦淮风月哭繁华”一般，哭东周，哭周公，哭曾经郁郁乎文哉而如今又飘落殆尽的周文化，哭历史背弃的一切，哭他失去的一切。他所做的，是对前代文化的整理与保存，好似在收拾后事一般，既严肃恭敬，又满怀凄凉。他打开积满尘土的竹简，在几百年积累的文献中分类、编排、抄写、揣摸，一边叹息流泪，一边孜孜矻矻，忽而拍案惊奇，忽而仰天长叹。他敢情是在做着一个大大的复辟梦，而他的学说，则真正是一本厚厚的变天账。我老是这样想象他：在深夜，飙风四起，风声鹤唳，四野一片漆黑，他用他苍老的双手，小心地围拢一枚烛光，使它不至熄灭……

到了战国中期，孟子，流浪既久，那种皈依的情怀早已随时光的流逝而消磨干净。他不再是高堂老屋中的被迫出走者，失去主人身份者，远远的艳羡者，他是来去绰绰自由的客人了。他是那行空的天马，独来独往。与他同时代的庄子表现了与他同样的对自我身份的感觉，那种自由自在的感觉："一而不党，命曰天放。"好一个"一"，好一个"不党"，好一个"天放"！他们是天民，以放为天，天下之大，绰绰有余裕，何施不可！所以，他们的天性，是如此的自由解放！孟子自称"天民"，且是"天民之先觉者"，他追求的是"天爵"，他与旧贵族，已判然而划出界限，他既不属于上层的流裔、失势者，又不属于被人治的"治于人"者。在齐国，他只做客卿，"不治而议论"，除了"议论"，什么也不干，不愿成为官僚花名册中的在册人丁（孔子却是做过大大小小好几任的官），他自诩为"王者师"，是来教导他们，教训他们走正道的。若是那些不肖的王们不配他的教导呢，他就满怀失望也满怀轻蔑地转身走开，不吝去留。他是一位特行独立的大丈夫。这是吾中华民族人格史上最光辉的一段，是中国阳刚之气最充沛的一段。

孟子是大丈夫，本质上是独立。

再后来，便是荀子了。从恓恓惶惶的贵族没落少年到特行独立的大丈夫，到荀子，竟突然蜕变为一个端庄明慧的淑女，循规蹈矩的君子。端庄明慧的淑女是做妻妾的好人选，循规蹈矩的君子是做臣子的好材料。写到这里，聪明的读者会觉得出我对荀子的极大不满，是这样的。但这是事出有因的，你看他《成相》篇中的宣传鼓动诗：

荀子是君子，本质上是事君。

曷谓贤？明君臣，

上能尊主下爱民。(其五)
辨治上下,
贵贱有等明君臣。(二十五)

明于君臣之分,谨守臣道。臣道是什么呢?就是区分贵贱上下,以“礼”的秩序安顿天下,然后自己上尊君,下爱民,做一个忠心耿耿、勤于事务、忠于职守的幕僚。

臣下职,莫游食,
务本节用财无极。
事业听上,
莫得相使一民力。(四十六)

守其职,足衣食,
厚薄有等明爵服。
利往(唯)卬(仰)上,
莫得擅与孰私得。(四十七)

儒家役民从荀子开始。

读起来平平仄仄,可摇头,可晃脑。乒乒乓,乒乒乓,不要游食要仰上。且慢摇头晃脑地陶醉罢。不要“游食”,而要忠于一个主子,利唯仰上——一切生活来源须仰仗主子的供给。这样,“守其职”的幕僚,也就可以得到赏赉,“丰衣足食”了,不需要也不能去擅自搞一点“私得”。从主动方面看,自愿去做笼中鸟池中鱼,这种人格与孟子、庄子差别太大,不可能让我尊敬;从被动方面看,荀子竟然要从剥夺经济独立权着手,来剥夺人的思想独立行为自由,这够狠的。读这

样的句子我也不可能对荀子有好感。更要命的,他竟然还兜售"持宠处位终身不厌之术",这实在是古典的厚黑学了:

主尊贵之则恭敬而撙,主信爱之则谨慎而谦,主专任之则拘守而详,主安近之则慎比而不邪,主疏远之则全一而不背,主损绌之则恐惧而不怨。贵而不为夸,信而不处谦,任重而不敢专。财利至则善而不及也,必将尽辞让之义然后受。福事至则和而理,祸事至则静而理。富则施广,贫则用节。可贵可贱也,可富可贫也,可杀而不可使为奸也。是持宠处位终身不厌之术也。(《仲尼》)

为方便读者,我试着翻译一下:

主子尊重自己使自己富贵呢,就要又恭敬又逊退;主子信任宠爱自己呢,就要懂得谨慎和谦让;主子专任自己呢,就要又拘谨又周详(万不可张狂);主子接近自己呢,就要恭敬顺从而不邪妄;主子疏远自己呢,就要忠贞纯一而不违背;主子斥退自己呢,就要满怀畏惧而不能怨恨!地位高贵了,不能奢侈浮夸;受到信任了,不能惹起嫌疑;权力很大时,不能擅自专权;财利到来时,要觉得自己的善行还不足以获得,要先表示谦让之意,然后才去接受。福事到来,要和悦地去处理;祸事到来,要稳静地去处理。富了,要广泛布施;穷了,要节约财用。可以处贵,可以处贱,可以处富，可以处贫，可以被杀掉，而不可以做坏事——这便是保持尊宠、守住官位，终身也不被废弃的方术！

你看这种语气、人格，与孟子、庄子，有多大的距离？这真正是乡愿，是工媚暴政大盗的乡愿；这也真正是妾妇，是被孟子斥责过的，“以顺为正”的妾妇之道！

表面谨慎老实，本质欺世盗名以媚顺固宠，这就是“乡愿”。

你再看他论为臣之道：

> 事人而不顺者，不疾者也；疾而不顺者，不敬者也；敬而不顺者，不忠者也；忠而不顺者，无功者也；有功而不顺者，无德者也。

这简直是一篇“顺”字赞！也是汉代以后那些苟合取容以媚顺固宠的官僚们的“护官符”！在荀子的观念中，举凡优秀品性，率有一“顺”字在。学问做到这里，真是和大盗眉目传情了。紧接上文，下面他断然道：

> 故无德之为道也，伤疾、堕功、灭苦，故君子不为也！（《臣道》）

这荀子式的“君子”，不特没有了庄周式的超逸，更没有了孟子的“浩然之气”。不再是天马行空，“一而不党”的隐士，更不是特行独立，正道直行的“大丈夫”。郭沫若先生曾据此篇中有斥责“偷合苟容以持禄养交”之类“国贼”的话，认为此篇《臣道》思想高尚，与《仲尼》篇思想不合,从而认为《仲尼》篇的思想“卑鄙不堪,不一定出于荀子”(《十批判书·荀子的批判》)。这是郭沫若先生大意了。《臣道》篇的思想也不能高到哪里去。我们就看他斥逐“偷合苟容以持禄养交”的一段:

从命而利君谓之顺,从命而不利君谓之谄;逆命而利君谓之忠,逆命而不利君谓之篡;不恤君之荣辱,不恤国之臧否,偷合苟容以持禄养交而已耳,谓之国贼。

一切以是否“利君”为判断标准!孔子的“造次必于是,颠沛必于是”的“仁”呢?“仁以为己任”(曾子)“君子之仕,行其义”(子路)的道义呢?孟子的“舍生取义”呢?全没了!只剩一个可怜兮兮的弱智兮兮的“忠”了!是的,荀子是特别提倡“忠”的。甚至提倡“进言于君,用则可,不用则死”(《臣道》),士阶层的骨气,到了荀子,真是扫地以尽!

“相”的实质。

二

在80岁左右(一说50岁左右)的时候,荀子做出了一个不论对儒家学派还是对中国学术都极重要的决定。那就是,打破“儒者不入秦”的传统,去秦国考察。80多岁了,这匹儒家的老骥,仍志在千里,也真是一位壮心不已的烈士。这是一个极富象征意义的举动,它预示着儒家的仁政学说,将与专制统治联姻，已到慕少艾之年的儒家学说，开始对帝王暗送秋波。在秦国，他不仅大拍应侯范雎的马屁，自打嘴巴般地夸奖秦国官吏如何好，人民如何乖（以前，在《性恶》篇中，他可是大骂过秦地百姓不懂礼义的），而且还与秦昭王进行了颇有意思的对话，极似产品推销者与买主之间的讨价还价。秦昭王对儒家学派颇不以为然，他对荀子说："儒者对国家没有用处。"摆出一副拒绝的姿态。我们记得孟子在见梁惠王时，梁惠王也猝然而问："老头子，你不远千里来到我这里，你的学说对我的国家有利吗？"孟子当即顶了回去："王何必曰利？——亦有仁义而已矣！"我这儿没有什么利与用处，我这儿只有仁义！我是来指导你走正道的，可不是来推销贱卖的！孔子在卫灵公问"战阵之事"时，也拒绝回答，相比之下，荀子在秦昭王面前全没有孔孟的骨气与正气，他啰啰嗦嗦，自卖自夸，颇使人气短。他局局于阐明儒者之用，屑屑于表明投怀送抱之心。不论多么能言善辩，已是自处于被告之席为自己作有用无罪辩护，投他人所好，以博赏赉了。他说：

有点耐不住寂寞了。

> 儒者法先王，隆礼义，谨乎臣子而致贵其上者也。人主用之，则势在本朝而宜；不用，则退编百姓而悫，必为顺下矣。……埶在人上，则王公之材也；在人下，则社稷之臣、国君之宝也。（《儒效》）

多好的一块"宝贝"！严守臣道，尊崇君主，即便被遗弃，也做个顺顺遂遂的良民！孔子说"君子不器”,庄子是“王公大人不能器之”,孟子是不官不王,而荀子则屑屑于证明儒者是国君最顺手最有用的“器”！近来学者们在谈什么“政统”与“道统”,若荀子,何来“道统”?“道统”不过是政统的“臣妾”而已！

孔子的坚定,孟子的倔强,使他们保持了自己理论的纯粹性,也保持了人格的纯粹性。

当然,从荀子对秦昭王的答辩中,我们还是看出,这位先秦儒学第三代的自负与自信,不是“敝帚自珍”,而是卞和献璧式的自负与自信。经他改造过完善过的儒家学说,综合先秦各家学说中的治世良策,形成了一整套适合专制统治的内法而外儒的政治理论。“养在深闺人未识”毕竟是不甘心的,既然“天生丽质难自弃”,当然渴望“一朝选在君王侧”！汉武帝的“独尊儒术”,200 多年前的荀子就已在那里眼巴巴地盼望着了！

公正地说,鲁国的国君,包括孔子极反感、常常出言伤害的权臣季氏,对孔子还是很尊重的,也很想和他合作,但他们就是找不到和这个固执倔强的老头子沟通的途径,他们总是话不投机,道不同而不能相为谋。孟子也一样,齐宣王对他是极尊重极用心笼络的,滕文公更是小心翼翼地听从他的教导,把一线希望寄托在他的指教上。连梁惠王这样粗鲁的人也都很真诚地向他请教过有关治国的问题。但孟子一开口便“迂远而阔于事情”,他们之间,也总是对不上茬口。他们的思路,实在是风马牛不相及。究其原因,乃在于孔孟等人悬得太高,立论太苛。这一点,孔子的弟子、天才外交家子贡,就给孔子指出过,并希望孔子能稍微降低一点标准,以便寻找与诸侯合作的可能性:“夫子之道至大也,故天下莫容夫子。夫子盖少贬焉?”(老师您的道太大了,所以天下没有哪一个君主能容受得下您。老师何不稍微降低迁就一些呢?)(《史记·孔子世家》)。孟子的学生公孙丑也对孟子提出过类似的问题:“道则高矣,美矣,宜若登天然,似不可及也。何不使彼为可几及而日孳孳也?”(先生的道确实高呵,美啊!正好像登天一样,似乎不可能赶上。为什么不使它变为有希望达到,而使人们一天一天地逐渐接近它呢?)(《尽心》上)。但孔子抱定只问耕耘不问收获的坚定,孟子抱定“引而不发”为天下式的倔强。他们都热衷于使自己的理论完美,以追踪所谓古代圣王的治迹,而不介意其与现实间的差距。孟子希望“中道而立,能者从之”。但假如没有人能跟从而来怎么办呢?那他们也就自甘于其理论的寂寞,而不愿使自己的理论贬低降值。在这种情形之下,他们的理论和兴趣,都集中在对现实的抱怨和批判上,至于能否与他们合作,这倒是次要的。这种倾向,至荀子,为之一变。他关注的是用,是器,而不是道本身的完善。理论而求为器,不就是御用的开始吗?不就是堕落吗?

荀子以适用为目的,理论与人格的纯粹都不复存在了。

使一种理论更完善,有两种方式选择:一种是使理论本身更具理性,更具逻辑性,更具有目的性;一种则是努力使理论更具适用性。前者往往使理论趋近于理想境界,成为一种空想式的乌托邦;后者则往往使理论蜕变为实用工具,增加它的御用性。荀子显然更重视的是其实用性、合用性。他在小心地寻找理论与现实的契合点,寻找学术与世俗政治合作的途径。为此,他不再自居王者之上,不再以道自任,而是甘心地去作一个忠实的、勤勉的、尽职尽责、呕心沥血的幕

于是,变成工具了。

或者说,这是被动中的主动?

僚。他把兴趣与精力都放在具体问题的处理上,而把方向性的、价值取向性的大问题交给“君”去做决定了。臣民们只是去完成君主制定的长期或短期目标,目标由君主决定,方向由君主把握,蓝图由君主绘制,理想由君主确立。我们只是去无怨无悔地完成这些任务,而对这些任务的合理、合法性不能思考,更不能诘问。理论完全工具化了。道的沦丧自此拉开了序幕,人性的沦丧也从此开始:当我们放弃了思想,我们即只能是工具性的存在。

是幕僚,就要一方面能把握大局,窥测方向,预测未来,有良好的规划与安排,适时地提出正确的政策和策略;一方面又要能委曲求全,坚韧不拔,忍让周曲,不论在什么情况下,坚持合作第一。像范增就不是一个好幕僚,因为他一受气,就不合作了。范增是有一些孟子式的脾气的。按他的年龄,大约其生年与孟子卒年基本相接。他一出场,便是一位古稀老者,指点着项梁项羽一点一点由弱到强。他本人也被项羽尊为“亚父”。这种精神地位,很像是“王者师”,而不同于荀子式的低眉顺眼的幕僚。同是老人,范增的性情偏狭、急躁、爱钻牛角尖,凡事爱一蹴而就,一了百了,不知变通与耐心等待。而荀子则全没有这位“亚父”的毛病,他的高寿使他更沉稳,虑事更周详,立论更公允平实。他不像范增那样“好奇计”,他更注重稳扎稳打,步步为营。他不急不躁,不愠不火,老成持重。俨然一个好幕僚!可惜秦昭王有眼无珠了!

三

我在写孟子时，极严厉地批评他的“性善论”，同时，对“性恶论”却给予一定的好感。但是读到荀子的“性恶论”，这好感又没有了。这怪不得我。我对“性恶论”寄予的希望，让荀子一一给我毁灭了。是的，“性恶论”可以引出分权学说，如亚里士多德；也可引出专制理论，如荀子。“性善论”与专制结合，还有劝人向善的意愿；“性恶论”与专制结合，只能是血淋淋的暴政。“性善论”与专制是孪生手足，不可分离，所以，要避免专制，必须在政治学领域内反对“性善论”。“性恶论”则可以有两条走向。只可惜荀子走错了！他从“人性恶”的前提中，引出了冷酷无情的君主专制理论，他的学生韩非和李斯使之又变成了血淋淋的政治现实。并且这种血淋淋的政治体制竟延续了两千多年！

从一点出发，方向不同，一切皆不同。

我估计荀子与孟子是见过面的，孟子死时 84 岁，而那时荀子已是 50 多岁了。又恰巧都在齐国的稷下学宫待了那么长时间。说不定荀子还听过孟子的演讲辩论也难说。但这个晚辈在他的著作里点名批评孟子，说孟子“非常怪诞而不伦不类，神秘而不可通晓，晦涩而不能理解”（甚僻违而无类，幽隐而无说，闭约而无解）（《非十二子》）。这个批评倒真让我糊涂了。因为孟子的著作固然有很多自以为是的地方，但却一点也不神秘，不怪诞，不晦涩。大约是他与孟子在很多根本问题上见解不同，便也像孔子杀少正卯，孟子力距杨墨一样，对不同意见残酷斗争，无情打击。

“人性善”不可证，“人性恶”同样不可证。不可证而证，就会有纰谬。

这倒是儒家的一贯作风。在《性恶》篇中,他更是对孟子实施重点打击。他开口即说:“人之性恶,其善者伪也。”让人觉得他不经论证,先就如此下断语,武断得不得了,这大约也是由于对孟子有成见而意气用事。郭沫若先生认为这是荀子想独树一帜,招人喝彩,也可备一说。孟子证立“人性善”,有所谓“十大论辩”(请参阅前面孟子一文),可谓苦心孤诣。而荀子在论证性恶时,也如法炮制,以数量取胜。《性恶》一篇,“然则人之性恶明矣”,这样的结论性句子,凡九见,可见数量之多,但质量仍然不尽如人意。郭沫若先生就指出其中的“无之中者,必求于外”一节实属勉强。荀老先生先定下一个前提:假如本身不具有,必向外寻求,反过来,“苟有之中者,必不及于外”,本身具有,就不必旁求,结论:“人之欲为善者,为性恶也。”他从人求善的冲动与欲望中推导出人性中缺少善,从而论证人性为恶。对这种论证,我们可以反问他一句:渴求善的冲动,也是人性中的恶的推动吗?答案如果是“是”,那么人性中的所谓“恶”,自有其值得肯定的地方,我们下文将谈到,荀子并不肯定人性中的“恶”;如果是“不”,那么,这种推动力又是从何而来的呢?

不过,荀子也有他的杰出之处,比如他指责孟子不知道分别人之本性与后天习得的区别,这是先秦人性论中的一大进步。孟子有著名的“四端”说,说礼义仁智都是由人的本性所生,而荀子则明确地说,礼义,是生于圣人们的文化创造,而不是生于他们的本性。在这里,他提出了一个对后世影响很大的说法——“化性起伪”:

圣人化性而起伪，伪起而生礼义，礼义生而制法度。然则礼义法度者，是圣人之所生也。故圣人之所以同于众，其不异于众者，性也；所以异而过众者，伪也。

“伪”就是人为。礼义法度都是人为，而不是人性。这一点又显然较孟子为可信。

荀子不把人作为人看，而是从如何使其成为统治者的顺民看，于是将正常的人性锄而去之就成为必然了。

倡“人性恶”，却又为何没能走向民主与法制？我以为，这里还应当具备两点才行：一是对人欲的肯定，二是对权力的约束。而这两点，又恰为荀子所不具备。以下分述之。

既倡“人性恶”，须有对“恶”的肯定，才能对人性抱有善良意味，也才能走向尊重个性与感情，也才能相信人的自律，相信人民能自己管理好国家和自己。而荀子却没有这一点。他把人的诸多自然本性定义为道德上的恶，然后又用礼法锄而去之。这实在是为后世理学开了方便之门。我们看他在《性恶》篇中作为“恶”而列出的人欲都是些什么：

1. 今人之性，生而有好利焉……生而有疾恶焉……生而有耳目之欲，有好声色焉……

2. 今人之性，饥而欲饱，寒而欲暖，劳而欲休……

3. 若夫目好色，耳好声，口好味，心好利，骨体肤理好愉佚，是皆生于人之情性者也。

4. 人情甚不美，又何问焉？妻子具而孝衰于亲，嗜欲得而信衰于友，爵禄盈而忠衰于君……

从上四例中，除了第四项勉强可以算作人类的毛病外，其他三项，应该都是人的正常欲求。而荀子一律把它们看作万恶之源，他这样定义“善”与“恶”：

凡古今天下之所谓善者，正理平治也；所谓恶者，偏险悖乱也……故古者圣人以人之性恶，以为偏险而不正，悖乱而不治……（《性恶》）

我想，人的正常欲求既可能是恶的萌蘖地，也可能是善的源泉。也就是说，道德意义上的善和恶，具有同一土壤，那就是人性。所以，人性只有欲，而无道德意义上的善恶。人性属于自然的范畴，而善恶属于伦理范畴。自然范畴内不存在道德内涵。到自然现象中去寻找道德意义，或把道德依据托于自然法则，是典型的唯心主义，也是古今中外思想家常犯的错误。所以，我以为，哲学史上关于人性善恶之争实际上是无中生有的命题。人性只是土壤，这土壤中既可盛开善之花，又可盛开恶之花，既可养育善类，又可庇阴毒蛇猛兽。善类与毒蛇猛兽都寄生于大地，而大地本身却无所谓善恶。况且，即使毒蛇猛兽也未尝不是大自然正常秩序中不可或缺的一环，也就是说，也是合于善的目的的。把毒蛇猛兽看作“恶”，只是从人这一个角度而言的。若从一般动物角度言，生物界的首恶当是人。人性属于自然领域，道德属于社会领域。荀子固执地认定人性的自由发展只能产生恶，那他就无法说明礼义从何而来。他说：

问题的症结所在，至此自然解开。

故圣人之所以同于众其不异于众者，性也；所以异而过众者，伪也。(《性恶》)

那么圣人的“伪”又是从何而来？圣人为何能“伪”？既然他们与众人本性相同，他们为何能改恶从善？其动机何在？我真想起荀子于地下一问之！

恩格斯说“正是人的恶劣的情欲——贪欲和权势欲成了历史发展的杠杆”“恶是历史发展的动力借以表现出来的形式”(《马克思恩格斯选集》第 4 卷，第 233 页)。18 世纪前后，当人们以科学的态度来探讨历史时，发现了一个似乎令人难以置信的事实：被中世纪贬斥了千余年的人性、人欲，竟然是历史的最有力推动者！历史的原动力，往往竟是一直以来被人们当作“恶”的东西！霍尔巴赫认为：“利益或对于幸福的欲求，就是人的一切行动的唯一动力。”可见，灭人欲，往往也就是摧毁历史前进的动力。况且，人类追求自身欲望的满足，追求自身的福祉，这不又是最大的善么？在先秦诸子中，老子对人性是怀疑的，没有信心的，但从理论上如此周密地对人性作有罪的判决，荀子还是第一个，而他的学生韩非，就拿着这纸判决对人性实行拘办刑罚了。荀子是法官，韩非子就是狱吏。我们看这法官的判辞：

人类的一切行为都应围绕这样的终极目的：使人过上幸福生活——物质享受的丰富性，精神享受的自由性。否则就可视为反人类。

今人之性，生而有好利焉，顺是，故争夺生而辞让亡焉；生而有疾恶焉，顺是，故残贼生而忠信亡焉；生而有耳目之欲，有好声色焉，顺是，故淫乱生而礼义文理亡焉——然则从人之性，顺人之情，必

出于争夺，合于犯分乱理而归于暴！（《性恶》）

如此一个意气用事武断不讲理的法官！他用推理法断案！而他的推理，又是何等偏颇不公，攻其一点不及其余！他为何不能发现人的好利恶疾等本性，也是人类不断进化社会不断发展的动力呢？细揣他的意思，倒好像是利不好而疾好，幸福不好而痛苦好，满足不好而贫乏好。一个哲学家如果偏执地去干所谓提高人类道德水平之类的"崇高的事业"，会降低他思想的哲学质量的。

我们看看荀派的《礼记·王制》：

作淫声、异服、奇技、奇器以疑众，杀！

这就干脆走到人类幸福的对立面去了。

荀子的这种反人性思想，后来在宋明理学那里达到了顶峰。比如南宋陆象山就说："学者所以为学，学为人而已，非有为也。"（《陆九渊集·年谱》）这种学者，还不如一个空心泥菩萨！

一个思想家，如果借口纯洁人的心灵，而不惜牺牲人的肉体欲望，其结果，都会走到这一步的。

从荀子的反人性到朱熹的灭人欲，儒家事实上走进了反人类的深渊。

理学家们一方面反对荀子的"性恶论"，这是为了使道德政治有一个"性善论"的基础；另一方面，却又把人性看得极丑恶，必欲戕贼之而后快。他们为了弥补自己理论上的自相矛盾，又分出什么性与情。认为性善而情恶，一切人欲都是性骚动后所成之情的后果。我们从理学家们的理论中，可以见出荀子反人性的严重后果。

四

既倡“人性恶”，还有一点也应该明白，那就是，“恶”往往借权力来实现，因权力而肆虐。只有绝对的权力，才能使恶绝对地实现。而荀子为了防止普遍的恶（这一点他也开后来理学家的先河，认为人民的人性中普遍地、大量地、每时每刻地存在着、产生着恶或败德的欲念），他竟天真而荒唐地想出一种方法：用绝对的权力来防止世俗之“恶”。这就出现了荀子“性恶论”的第二大恶果：绝对的君主集权与集权政治。思想家个人智慧的缺陷有时会成为一个民族悲惨历史的开端。他说——

立君上，明礼义，为性恶也。（《性恶》）

因为“人性恶”，所以要立一个可以“为人师”的君上，用礼义的方法来对付人性这个毒蛇猛兽。这样，君为体，礼为用，荀子的政治蓝图就一蹴而就了。反过来——

这种缺陷是多么可怕。

去君上之势，无礼义之化；去法正之治，无刑罚之禁；倚而观天下民人之相与也。若是，则夫强者害弱而夺之，众人暴寡而哗之，天下之悖乱而相亡不待顷矣。（《性恶》）

既然“人性恶”，那么民恶君亦恶，奈何民恶君善？

这里，人民不但是愚氓，而且是品性不端、顽劣丑恶的愚氓，是注定要堕落的愚氓。在这种认识基础上，荀子抬高世俗之君的地位，使之统御人民，也就可以理解了：

今人无师法，则偏险而不正；无礼义，则悖乱而不治。(《性恶》)

整个《性恶》一篇，充满的是对普通民众智识的蔑视与道德的鄙视，同时，对于世俗之君，他又毫无理由地认定他们具有智识与道德的双重优势，把人类的希望寄托在他们身上，人类不堕落的保证也在他们身上。

荀子的"尊君"，还有另外一个原因，那就是"制天"。可以说，他是中国历史上第一个思考自然与人类关系的思想家，也就是说，他把自然环境对人类生存的影响，自觉地作为他哲学关注的对象。陈炎先生曾指出，黄河流域的古代中国，乃是属于马克思所说的"亚细亚的古代"，与希腊的"古典的古代"有大不同，古典的古代，其国家的形成乃是生产力发展的自然结果，而"亚细亚的古代"的中国，国家的建立则是由于环境的逼迫。陈炎先生指出："生活于黄河流域的古中国人的天职不是去海上冒险，而是要兴修水利。这种工作……需要大量的人力和高度的社会组织结构。"(陈炎《积淀与突破》)荀子也正是从"制天"的角度，来理解国家及其代表"君"的产生的。

孟子讲"天人合一"，"天"指"天道"。荀子讲"制天命而用之"，"天"指自然。荀子这句话的意思类似培根的征服自然的思想。

人……力不若牛，走不若马，而牛马为用，何也？曰：人能群，彼不能群也。(《王制》)

正因为人能群(合作,组织起来),才能在生物界中一枝独秀。而这个群,又是如何实现的呢?

> 君者,善群也。(《王制》)

> 君者何也?曰:能群也。能群也者,何也?曰:善生养人者也,善班治人者也,善显设人者也,善藩饰人者也。善生养人者人亲之,善班治人者人安之,善显设人者人乐之,善藩饰人者人荣之。四统者俱而天下归之,夫是之谓能群。(《君道》)

孟子是倡"民贵"而"君轻"的。荀子显然要颠而倒之,要贵君而贱民了。《战国策·齐策》记赵威后问齐使,以为民为本而君为末,荀子又要颠而倒之,以君为本以民为末了。你看:

> 人之生,不能无群,群而无分则争,争则乱,乱则穷矣(这是说民之丑恶愚贱)。故无分者,人之大害也;有分者,天下之本利也;而人君者,所以管分之枢要也(这是说君之美好尊贵)。故美之者,是美天下之本也;安之者,是安天下之本也;贵之者,是贵天下之本也(这是说赞美、尊贵、安顿君王的重要)!

由《左传》的"民本",孟子的"民贵君轻",《战国策》的"民本君末",至荀子,一变而为"君贵""君本"。荀子固然不要我们"尊天"了,也不要我们"事鬼"了,他要我们“尊君”了！在先秦诸子中，孔孟不“忠”——我是指那个“忠于君上”的“忠”。而荀子则大谈特谈。“忠”是幕僚、臣妾的第一天职么！从“性恶”和“制天”这两个角度，我们可以看出君王的“枢要”地位。人本性是恶的，要善就必须“伪”，就要学习，师法。法由谁掌握呢？当然是君，所以君主就是人师。人类要生存，就得“制天”，制天不能单靠个人，而要把零散的个人与零散的部落组织统一起来，置于一个绝对的权威之下，由这个权威来统一调度。这就要“协群”，也就是“分”，由谁来“分”而“协”之呢？还是那个君。那么君又是靠什么来正人心与协人群呢？靠“礼”。荀子提倡“尊君”“隆礼”的理论归结也就一目了然了。

荀子以为君为贵的一个重要原因是从社会组织需要的角度而言。这有一定的合理性。今天讲领袖的作用也是由此出发。

应该说，荀子的这种理论，其产生是有坚实的经济基础的。贫瘠的黄河流域，能够接受的只能是这种集权理论，黄土高原上能开放的也只能是这朵恶之花。

寻渊源，求因由，是读书的重要方法。

五

我们不需要深文周纳，就能理解，这地方的“君”，显然是指各个时代的当代之君，而不是已经作古的那几个作为模范榜样的“圣君”。因为荀子所尊崇的有“伪”与“分”双重职能的君，只能是在现实政治体制中存在并起作用的，而不是一种精神的存在与感召。这样，我认为人们可以为聚讼纷纭的“法后王”下一结论，这一“后王”，显然是指当代君主，而不是什么夏商周三代之王，或这三代王中后面的王。我想荀子不会这么晦涩，弯弯绕，除非他故意让我们糊涂。况且，如果真是指夏商周三代的王或这三者中后面的王，那他与孟子的"法先王"有什么区别？郭沫若先生就在《十批判书·荀子的批判》中断然道："他的所谓'法后王'和孟子的'尊先王'毫无区别。"但这显然和荀子对孟子"法先王"大为恼火、横加冷嘲热讽不合。

对荀子的"法后王"，我们曾经给予极高评价。但我们还要对之怀有戒心。陈炎先生曾指出："在欧洲历史上，除了英王詹姆士和法王路易十四等少数几个被公认为狂妄自大的暴君外，没有谁像秦始皇以后的历代中国皇帝那样，公然宣布法律的源泉来自世俗的君主或国家元首，而是将其归结为超验的宇宙主宰，或将其看成是经验的社会契约。"(《积淀与突破》)那么，谁使嬴政及其后来的君主们如此狂妄呢？是荀子！是他的"法后王"！是他，赋予每一位现任君主以绝对的权力，而且其自身又是权力的来源。孟子的"法先王"，墨子的"天志"，都是约束当代君王的。孟子的"法先王"，是以先王作一道德样板，认为一切行为要符合先王之道，这就为起诉当代暴君提供了依据。比如他宣称，"五霸是先王之罪人，当今诸侯，又是五霸的罪人"，至少在理论上，可以对比先王，而指出后来者有罪，这就构成了一种约束。荀子又反对墨子的"天志"，这固然具有科学精神，但也因此消弭了"天"对当代君主的约束。没有了先王，没有了天，那么当代君主在行事上，既无事实约束，又无道德约束，还没有宗教约束，真是畅快极了！中国历史上那么多恣意逞快的暴君，是荀子给他们松的绑呢！岂止是松绑，他还给他们插上绝对权力的翅膀，这真如他学生韩非所讲的那样，如虎添翼，飞入通都大邑，择人而食

真正是无法无天更无人了！

了！比如秦始皇，焚书坑儒，涂炭天下之肝脑，离散天下之子女，以供他一人逸乐，行起事来，如入无人之境，既不受现行政体的限制，又不受任何理论观念的谴责，因为他，包括他同时代的荀韩学说，都已失去了判断君王行为的标准，甚至“判断”本身都已被荀子早早地取消了。君主意志即是君主行为的判断标准，批判的武器与武器的批判变成一物了。苏轼指责荀子应对秦的暴政负责，不是很有洞见的吗？荀子能为自己作无罪的辩护吗？

苏轼很厉害啊！

从荀子关于君主“枢要”的论述中，我们还能推理出，在荀子那里，君不再是一种人类实现自身目的争取自身发展的手段，而是手段与目的合一，甚至直接成为了“目的”，全国全民一切贡献与牺牲都是为了“君主”这个“目的”。——“美之者，是美天下之本也，安之者，是安天下之本也，贵之者，是贵天下之本也”！自西周以来，《左传》《孟子》等先秦著作中再三珍重的“民本”思想，被荀子的“君本”“君原”思想所取代，悲惨世界人间地狱也就同时拉开了序幕。司马迁《酷吏列传》记载汉代酷吏杜周，贪残好杀，专看武帝的眼色行事，别人质问他：“君为天子决平，不循三尺法，专以人主意指为狱，狱者固如是乎？”杜周答：“三尺安出哉？前主所是著为律，后主所是疏为令，当时为是，何古之法乎？”好一个“当时为是，何古之法”！既然当代君主的一切意指都为“是”，而我们又“法后王”，纯以当代君主的意志为“法”，那么，对像嬴政这样的历代暴君，我们还能有什么样的政治伦理依据去批评他？孟子让我们相信君主们本性是善的，荀子又让我们必须以当代君主的意指为是。我们只要“天子圣明，臣

把“君”的作用推向“本”，就“本”“末”倒置了。

罪当诛”地磕头便是了！

启人深思。历代统治者确实是坏事做尽了。

还有一点也须提到，嬴政这一类暴君又往往都是不信鬼神、不怕鬼神、不迷信的。彻底的唯物主义者是无所畏惧的，那么，是不是也什么都敢干了呢？

六

孟子大谈道德，他是把这作为一项标准来要求诸侯的，他要诸侯实行仁政，推行王道。他的理论，和世俗政权是拉开了距离的，是作为世俗政治的批判者出现的。他甚至认为人民之所以起来造反为盗，“放僻邪侈，无不为己”，乃是由于统治阶级过分剥削造成的，颇有后来“官逼民反”的思想。他把统治阶级逼民造反，“然后从而刑之”，看成是设下陷阱与罗网来陷害人民。这一点孔子也有大致相同的看法。他们如此解释人民犯罪的原因，即使不完全科学，也颇令人感动。而荀子则相反。如果说，孟子认为人民犯罪是统治阶级逼出来的，荀子则认为人民犯罪是统治阶级放纵出来的。我们从后来李斯的《论督责书》中不是可以看出荀子这朵恶之花结出来的果么？孟子没有发明什么对付老百姓的办法，作为一个绝顶的哲学家，理论工作者，他不得不去为人民争取一点赖以生存的土地和最起码的生活资料。他写文章，也只教训诸侯，而不“教育”人民，他要做“王者师”。而荀子呢？他要做的是君主的幕僚，人民的“德育教授”了！

按孟子思路，统治者自然应施仁；按荀子的思想，统治者自然应施暴。

当然，谈荀子，有些麻烦，因为此老寿命特长，前后思想的差异也就往往很大。比如,在《性恶》一篇中,他还认为秦人“纵性情,安恣睢,慢于礼义”,不像齐鲁之民那么温顺孝敬,而在他晚年去了秦国后,观点就大大变化了。应侯范雎问他:“到秦国后有何观感?”他盛赞:“其百姓朴,其声乐不流污,其服不佻,甚畏有司而顺,古之民也。”(《强国》)大致说来,越到晚年,他越崇尚法,与法家思想越接近。不过在《君道》篇中,他认为君的职能在于能“群”,而“群”的含义他解释为能长养人民(善生养人),善于治理人民(善班治人),善于显扬人民(善显设人),善于文饰人民(善藩饰人),他提出要让人民“衣暖而食之,居安而游乐”,颇能以民生民愿为重,这与“惨礉少恩”的法家还是有相当距离的。大致说来,荀子还重在讲使人民幸福、富裕、安乐,而到了韩非,则只讲使国家强大、稳固、能攻。只是我们必须认识到,韩非的思想是荀子思想合乎逻辑的延伸:“性恶论”是法家思想的基础,“法后王”是法家政治体制的精髓,而由“礼”到“法”,也仅只一步之遥:况且这一步,在荀子晚年,他已颤颤巍巍却又毫不犹豫地跨出去了。

七

孔子的时代是怀旧的时代,所以孔子倡导的是旧式周王贵族的内在修养:仁。孟子的时代是批判的时代,他要用古老的道德标尺来衡量当代政治与道德的“宜与不宜”——也就是“义与不义”,所以他倡导的是“义”。“仁者,人心也;义者,人路也。”“仁者,人之安宅也;义者,人之正路也。”总而言之,孔孟都是向后看的。而荀子,则是儒家人物中第一个乖巧地向前看的人——不然他不会去秦国。所以他倡导的是礼——一个新时代的秩序、规范,同时也是社会整合的手段。

礼,是黄河流域贫乏的农业社会的特殊政治现象。农业社会的特点是积累慢而损耗快。汉初四代(不计高后)的积累也不敷汉武帝一代的损耗;唐初近百年(以玄宗即位计)的积累也经不起一个"安史之乱"的折腾。开源既难,节流便尤显重要;且要在人群中保证一小部分人过得好,大多数人又能心安理得地承认这种现实,从而实现政治与社会的稳定,"礼"便是最便捷的手段。所以,它首先是一个政治现象,然后才是文化现象。在"礼崩乐坏"的时代,孔子讲的"礼",是对一种古老政治秩序的回忆与怀念,是对一种古老文化景象的回忆与怀念,是保存与发扬古老道德传统的努力,"子在川上曰,逝者如斯夫"!那是一种怀旧,是一种无奈,是一种没落的感伤,面对着冲却"礼"的大堤的人欲的洪流,他手足无措,只是在那里空洞地喊着,倡议着:"克己!复礼!"可是没有人克己复礼,却处处都是僭越与颠倒。孟子讲礼,是从辞让之心谈礼,他天真热情,对人类抱着善良的信心,他认为礼产生于人本性中的善,是一种先验的存在。它首先是一种心理现象,是自然的产物,然后才表现为普遍的社会文化现象。"辞让之心,礼之端也","礼"就是从这天生而就的"辞让之心"中产生的。显然,孟子心中有一"君子国"的理想在。到荀子就不一样了,这位认定"人性本恶"的思想家,从"争夺之心"来谈礼,你看他如何解释礼的产生:

这种现实必须改变。让所有人过得好,尽可能消除在"过得好"上的不平等,这是现代社会的共同目标。

> 礼起于何也？曰："人生而有欲，欲而不得，则不能无求；求而无度量分界，则不能不争。争则乱，乱则穷。先王恶其乱也，故制礼义以分之，以养人之欲，给人之求。使欲必不穷乎物，物必不屈于欲，两者相持而长，是礼之所起也。"(《礼论》)

在这里，荀子实际上谈了两层关系：人与自然(物)的关系，人与人的关系。"物"是有限的，而人欲却是无限的，所以必须以"礼"来约束欲，使物与欲保持平衡，而不至于让欲淹没了物："使欲必不穷乎物，物必不屈于欲，两者相持而长。"这里我们明显地看到贫乏的自然环境是礼所产生的首要原因。另一方面，物的有限，必然引起人的争夺。这人类内部的争斗会导致混乱与无秩序，混乱而无秩序必然会降低人与自然抗衡的能力，就会更加穷困。所以，礼的另一功能便是协调人与人之间的关系。孟子从辞让之心谈礼，属于道德的范畴，其对象乃是人的道德自觉自律，它最终产生的是义务思想；而荀子从争夺之心谈礼，则显然是属于法的范畴，其对象乃是物的"度量分界"，它最终产生的是权利思想。

两者结合为"礼法"。

"礼"如何使人不争不夺，各安其分呢？荀子的"礼"的第一功能便是给人分等级：

> 夫两贵之不能相事，两贱之不能相使，是天数也。……先王恶其乱也，故制礼义以分之，使有贫、富、贵、贱之等，足以相兼临者，是养天下之本也。(《王制》)

两人地位相等,就不能互相役使,怎么办?分!用“礼”的方法把他们分出贵贱贫富来,然后让他们互相制约。他还引《尚书》中的话说:“维齐非齐。”不齐才能齐!他又说“斩(崭)而齐,枉而顺,不同而一,夫是之谓人伦”——参差才是整齐,弯曲才能顺畅,不同才是一致——这就是所谓的人的社会等级!

孔子讲的“非礼勿视,非礼勿听,非礼勿言,非礼勿动”,至此成为定律。

这种等级是由生到死都不能逾越的。在《礼论》中,讲丧礼,天子如何,诸侯如何,大夫如何,士如何,庶人如何,从棺材的厚度到聚丧的范围,都一丝而不能苟。

讲到社会人伦,他要“君君臣臣父父子子兄兄弟弟夫夫妇妇”:

> 请问为人君。曰:“以礼分施,均遍而不偏。”
>
> 请问为人臣。曰:“以礼待君,忠顺而不懈。”
>
> 请问为人父。曰:“宽惠而有礼。”
>
> 请问为人子。曰:“敬爱而致文。”
>
> 请问为人兄。曰:“慈爱而见友。”
>
> 请问为人弟。曰:“敬诎而不苟。”
>
> 请问为人夫。曰:“致功而不流,致临而有辨。”
>
> 请问为人妻。曰:“夫有礼则柔从听侍,夫无礼则恐惧而自竦也。”(《君道》)

除此之外,还有“农农士士工工商商”,他也都一一划定他们的职分。“农以力尽田，贾以察尽财，百工以巧尽械器，士大夫以上至于公侯，莫不以仁厚知能尽官职。夫是之谓至平。”《王制》篇中，荀子不厌其烦地规定百官的职责权利与义务：司徒、司马、太师、司空、治田、虞师、乡师、工师、伛巫、治市、司寇、冢宰、辟公、天王，各负什么责，各有什么权。荀子果真是宰相之选！

荀子的“礼治”思想，实在是两千年中国封建社会的政治纲领，伦理纲领。直到19世纪，被人称为中国第一代启蒙思想家的龚自珍，还在写《平均篇》，还在宣扬“有天下者，莫高于平之之尚也”。而这“平”，又正是荀子式的不平之平，比如喝汤，“君取盂焉，臣取勺也，民取卮焉”——君喝一大盆，臣喝一大勺，民喝一小酒盅！对这种礼，荀子宣称：

封建礼法维系的核心是等级制度。现代社会礼法维系的核心应当是平等与民主。

> 天下从之者治，不从者乱；从之者安，不从者危；从之者存，不从者亡。小人不能测也。（《礼论》）

其实，不齐之齐，不平之平，确实是存在的并且是合理的。问题是，这种不齐、不平，是由权利确定的呢，还是权力规定的呢？取决于权利还是取决于权力，这才是关键。而荀子，显然是鼓吹后者。

八

梁启雄在《荀子简释自叙》中认为，孟子言性善，荀子言性恶；孟子重义轻利，荀子重义不轻利；孟子专法先王，荀子兼法后王；孟子专尚王道，荀子兼尚霸道。

我还要补充几句：孟子讲道，荀子讲器；孟子讲民贵君轻，荀子讲君为邦本；孟子唯心，荀子唯物；孟子反战，荀子不反战；孟子倡辞让，荀子讲争夺；孟子讲义(务)，荀子讲权(力)……

此两段极尽铺陈。作者此前已详说孟荀了，这里是“合”。“合”是作文大法，或汪洋恣肆，或波涛滚滚，或一泻千里，或辟山开路……此处一片汪洋，蔚为大观。

还有，就个人性情而言，孟子天真，荀子老成；孟子光明磊落，荀子颇有心机；孟子嫉恶如仇，动辄拔刀相向，荀子视仇如险，往往敬而远之；孟子书生气重，荀子世故味浓；孟子之文是少年之激情，荀子之文是老人之理智；孟子是理想主义者，道德主义者，专注于理论构想，荀子是实践主义者，实用主义者，专注于技术操作……

风格不仅与作家个人特质、精神密切相关，更与时代精神深层相关。此段考察荀子风格，在与孟庄的比照中完成。

荀子见多识广。这是由于他游历广，寿命长。他生在赵国，待在齐国与楚国，又游历秦国。而赵、齐、楚，分别是先秦法家、儒家、道家的发源地。秦又是新兴的，代表着未来的国家。他受到这些不同风气的浸润，难怪他的思想也博采众家。他又生在战国后期，各家学派早已纷纷上台表演，又加上他年纪大，有足够的时间来对各家进行分析与钻研。学问大，年纪大，见识多，这就形成了他文章的风格：立论公允、平实，论证缜细周密。平实而浑厚，析密而思精。他的时代已不同于孟子、庄子的时代，更不同于孔子的时代。愤怒与激情过去了，诗人的时代过去了，经师的时代开始了。漫无边际的谈论、争辩结束了(荀子严厉斥责惠施、邓析等人的诡辩术)；天才的、放纵恣肆的批判嘲讽也结束了(荀子也严厉斥责孟子与庄子)。是的，荀子的出现，标志着博览群书的、见多识广的平实稳健的饱学之士代替了恣肆无忌的天才人物；周密的思考代替了偏激的言论；推心置腹的出谋划策代替

找渊源，分因革，辨流派，多有心得。值得细读。

了逞快泄愤的冷嘲热讽；老成持重的带有明显世故气息的条分缕析代替了血气方刚的带有明显书生意气的挥斥方遒。孟庄是毫无节制地表达自己的正义，挥霍自己的才华，宣泄自己的激情，展露自己的青春，或声色俱厉，或柔情万种；而荀子一变为平和公正，务实达变，谦虚深沉。孟庄如李白，随心所欲，胆大包天；荀子如老杜，动静有矩，谨小慎微。从这个角度看，荀子的文章虽然不是最好的文章，这毫无疑问必须让位于孟子、庄子，但他的文章却是有法度的文章，有章可循、有理可据的文章。议论文章到荀子，算是成熟了。孟子新闻猎奇式的冷嘲热讽，庄子寓言虚构式的奇谈怪论，在荀子那里，都云开日出一般不见了。他是认认真真地写文章，有板有眼地讲道理，层次清清楚楚，意思明明白白。大量的、层出不穷的比喻代替了一惊一乍的寓言和真真假假的新闻，逻辑性强，学究味也浓。当然，如果我们不为他那精彩的比喻障住了眼光的话，我们还会发现，荀子的文章反反复复，絮絮叨叨，真的谈不上精练。这可能与他的年纪有关吧。大凡人到了荀子那一把年纪，又有学问，便不免啰嗦。好在荀子真是饱学之士，所以，每论一个题目，连类而及的联想就特别多，真正是浮想联翩。他的一串一串没完没了的比喻就是这样出来的。我们在惊异并惊喜于他美妙贴切生动的比喻的同时，往往忘记了他为了某一个一句话就能说明白的意思，已经用了太多的比喻了。这是用一种特别突出的优点来掩盖缺点的最好例子。

现代实用主义者往往这样。

从文章结构上看，孟庄的散文是开放式的结构，其形式是辐射状的，扩张型的，我们不知道他们会在哪里结束，而他们又常常在我们意料不到的时候戛然

或许这种类比太过。荀子之文不可与老杜之诗相提并论。

而止了。他们的结构是松散的,随意的,即使后人从中添加一些什么或抽出一些什么,也可以乱真或不易被发现。而荀子的文章则是结构谨严,层次井然,不容造次的。他据题抒论,环环相扣,是一种自足的封闭式的结构。这一点,荀子也像老杜:老杜在诗中建立规范,荀子在议论文中建立规范。老杜是"诗圣",荀子是经师。

《论语》的简古,《孟子》的激烈,《庄子》的荒诞,都是散文在未成形之前的自然形态。那可真是一个野芳遍地的时代!我们常常有不期而遇的惊喜。荀子把散文的野花移入家中,养成盆景,按一定的美学规范来培育修剪它了。不枝不蔓,端庄严正的经师之文,就是这样剪出来的。这种千锤百炼的散文,至少为庸人提供了一种规范,俾使我们这些天分不高者,按他的规范来操作,也能糊弄出什么论文来。学诗岂容学李白?学文也不能学孟庄,那是天才的创造,岂容我们模仿?但学诗可以学杜甫,作文可以学荀子。即此一点,我们也当对荀子有相当的感谢!

九

荀子在《非相》篇中曾说人有"三不祥",其一是"贱而不肯事贵";又说"人有三必穷",其一是"为下则好非其上",如此,则不肯事贵、偏好非上的孟子、庄子,其不祥与窘穷,是势在必然了。我读荀子这样的句子,隐约地觉得他就是在骂孟子(他对孟子很反感,不知这两位前后辈是否在齐稷下有些过节)。可是,讲究"顺上"的他,遭遇又如何呢?同样是不得志的。

秦昭王不用他,不信他,让他的一张老脸没处搁,灰灰的。在齐国,他也没有什么可以证实的职位。在楚国,春申君信任他,但两者也有过不愉快,况且后者也只让他做一个小小的兰陵令,也不见有多大作为。春申君死,他的小小兰陵令也当不成了。

世之愚,恶大儒,逆斥不通孔子拘。展禽三绌,春申道缀基毕输。(《成相》)

这个"大儒",春申君一死,他就输了个精光,只好一唱三叹那"自古圣贤尽贫贱"的调子。一个理论在一个国家受信任的程度,决定于这个理论适用于这个国家的程度。荀子的理论是为来世准备的,兼并的战国时代与暴秦时代都还不需要他。他受人称赏,是在汉代,董仲舒、刘向都信仰他。而他生前,声誉并不很高,以致他的弟子们颇为他抱不平:

荀子的寂寞在生前,身后识者甚众。鲍先生可谓又一"识者",只是对荀子来说是被揭穿了。这多少令他有点难过。

孙卿(荀子)迫于乱世,遒于严刑,上无贤主,下遇暴秦,礼义不行,教化不成,仁者绌约(委曲),天下冥冥(黑暗)。……然则孙卿(荀子)怀将圣(大圣)之心,蒙佯狂(假装为狂)之色,视(示)天下以愚。……是其所以名声不白,徒与不众,光辉不博也。(《尧问》)

殚精竭虑地进行理论构想,为君主老爷们鞠躬尽瘁、呕心沥血,可结果却是"名声不白,徒与不众,光辉不博"。真够惨的。刘向曾感慨地说:"如人君能用孙卿,庶几于王。"《尧问》篇也说:"今之学者,得孙卿之遗言余教,足以为天下法式表仪……天下不治,孙卿不遇时也。德若尧禹,世少知之;方术不用,为人所疑;其知至明,循道正行,足以为纪纲。呜呼!贤哉!宜为帝王!”

荀子至少是帝王称职的幕僚。他缺少的就是一纸委任状了。

折断的双刃剑

法家者流，盖出于理官，信赏必罚，以辅礼制。《易》曰："先王以明罚饬法。"此其所长也。及刻者为之，则无教化，去仁爱，专任刑法而欲以致治，至于残害至亲，伤恩薄厚。

——班固《汉书·艺文志》

韩非者，韩之诸公子也。喜刑名法术之学，而其归本于黄老。……韩子引绳墨，切事情，明是非，其极惨礉少恩。皆原于道德之意，而老子深远矣。

——司马迁《史记·老子韩非列传》

一

我们现在把春秋战国时期那一段极热闹极好玩的学术氛围称为"百家争鸣"。虽然不及"百家"（班固《汉书·艺文志》搜括为"九流十家"），但确实已是沸沸扬扬，人声鼎沸，咳唾成雨。他们各执一端，互不相让，好在没有谁来一致他们，没有谁规定必须站在什么立场用什么观点思考与发言，他们也就放肆无惮了。在他们的文章里，有淫辞，有机辞，有偏辞，有遁辞，无所不用其极。或独持偏见而孤傲，或一意孤行

登临法：

登临四望，美不胜收。

而钻牛角尖，或目空一切而狂热，或妄自尊大而荒唐。或危言耸听，或冷嘲热讽，或意味深长，或声泪俱下，或热烈，或冷漠，或急切，或优游。真可谓“人人自谓握灵蛇之珠，家家自谓抱荆山之玉”，都认为自己的一套可以包治世态百病，兼拯世道人心，但又无不走上极端而遗漏多多。偏又在各自的片面中，显示了他们各自无人可及的深刻。所以，读诸子的书，是必须相比较才能有鉴别的。比如——当我们被儒家的两位祖师孔子和孟子的理论所痴迷、所蛊惑，认为治国平天下，真的只在“道德”二字，只要我们放开眼光来寻找圣君，耐着性子等待明主就行了——此时，若我们来读一读一个较为年轻却较为冷静客观的韩国公子韩非的书，便会又是另一种想法。

比较法：

在比较中，你才不会被他们中的任何一位迷惑。遗憾的是，中国几千年来都迷失在儒家的片面的深刻中，而“罢黜”了其他“百家”。

韩非是荀子的学生，与飞黄腾达于秦的李斯是同学。我以前非常疑惑，何以“大醇而小疵”的儒学大师荀况先生的两个得意弟子都背儒而尚法？而这“法家”，据司马迁编的谱系，又是源于“道德家”的老子的，故而韩非的传不附于荀子后而篡入老子后了。不知这种情况是荀况先生教育生涯的失败呢，还是成功。后来读苏轼先生的集子，又知道东坡干脆据此指控荀况先生应为秦的暴政负责。不过，荀子的思想中有很多地方确实是韩非法家思想的逻辑起点。也就是说，荀子的一些重要见解，只要稍稍再前行一步，就会很合乎逻辑地导出韩非的观点。比如他倡导“人性恶”，这便是法家思想尤其是韩非思想的总基石，为了防止人性的堕落，遏制恶的人性，他要“隆礼”，要用他改造了的、全新意义上的“礼”来对社会进行整合。从逻辑上说，到了礼，荀子式的“礼”，离“法”也就只一步

寻源法：

理清来龙去脉，就会心明眼亮。

之遥了。因为假如仅从社会整合角度言,“法”显然比“礼”更有效益。所以,这小小的一步迟早是要被跨越的。实际上,完成这个跨越的还不是荀子的学生韩非,而是荀子自己。到了晚年,荀子已是越来越重视“法”,“法”在他晚年文章中出现的频率越来越高了。再如荀子的“法后王”思想,必然会导致韩非式的极端“尊君”思想:这个“君”不但不受传统约束,不受大臣约束,甚至不受天命鬼神约束,因为荀子同时还是反天命反鬼神观念的“唯物主义者”呢。顺便说一句,专制暴君往往是无神论者。秦始皇虽然也封禅,也访求仙山,但他就不怕湘水之神。

二

韩非对人性毫无信心。这不难理解,他的学术高高祖老子,以及他的恩师荀子,都对人性极悲观。到了他,他对人性是近乎绝望的。荀子借舜之口哀叹“人的性情啊,人的性情啊,太不美啦,还问它干什么呢”?(《性恶》:人之情乎!人之情乎!甚不美,又何问焉?)这口气中透露的是失望与惋惜。而韩非则是用极端厌恶的心态来对待人性的,我们甚至可以想见他皱着眉头,透着让人不能忍受的轻蔑。他的这种心态,与正统儒家几千年如一日地对人性抱有令人惊佩的耐心与信心恰成鲜明的对照。在腐儒看来,每个人都可以成为尧舜,故而道德教化与道德期待乃是治国平天下的首要手段,甚至是唯一合乎道德的手段。而韩非则认为,若无严酷的惩罚或可观的赏赐,每个人都会在自私自利的本性驱使下变成恶棍、道德堕落

转述法:

择其要者述之。

者，同时，也会在贪图逸乐逃避劳作的本性引导下，一步一步走向贫穷与愚昧。故而，道德教育若不和利益结合起来，只能是一厢情愿式的愚蠢，而道德期待则更是守株待兔式的愚蠢——尧舜即便真的那么圣哲美好，也只是人类历史大树下偶然撞死的兔子。因此，期待尧舜，不如实行法治。以法治国，并御之以术，恃之以势，才能收到成效。

阐释法：

择其难者释之。

韩非对人性自私自利的丑陋一面的洞彻与不留情的揭露，即便有些偏执，但仍不失其深刻，不失其锐敏。韩非是神经极坚强之人，能面对一切丑恶而坦然指点。他似乎很不能容忍为了心理脆弱而掩盖真相，在丑恶面前掉转头去；不能容忍为了人类的自尊而自高自大地粉饰人性，更不能容忍仅仅为了道德理想或理想的道德而美化现实。而这正是儒家的毛病。儒家极力把一切伦理关系：人与人，国与国，都罩上一层温情脉脉的面纱，他们由夫妇之间的“敬”到父子之间的“孝”，再推及君臣之间的“忠”，整个的一条道德之链。他们很陶醉很美好地设想，道德的鲜花在这一藤蔓之上次第开放，楚楚动人。墨子更是把“兼爱”悬之为道德之鹄。但韩非则毫不手软毫不心跳地撕去这层面纱，看到了与他们不同的情景：那才更接近事实的真相，只是太血淋淋了。这样做，韩非可能会体验到一种隐秘的快感吧，他在对我们过分的道德自信进行报复与嘲弄哩。凡是这一类文字，他都写得淋淋漓漓，沉着痛快。我们看他写父子关系：

引用法：

择其宜者用之。

父母之于子也，产男则相贺，产女则杀之。此俱出父母之怀衽，然男子相贺，女子杀之者，

虑其后便，计之长利也。故父母之于子也，犹用计算之心以相待也，而况无父子之泽乎？（《六反》）

原来人间至情父母子女，都存“计算之心”。我们还不能理直气壮地驳斥他，因为他的论据就来自市井，来自普通的人情。我们还会趾高气扬吗？再看他谈夫妻关系：

夫妻者，非有骨肉之恩也，爱则亲，不爱则疏。（《备内》）

还有这么一则故事，又是来自市井调查：

卫人有夫妻祷者，而祝曰：“使我无故得百束布。”其夫曰：“何少也？”对曰：“益是，子将以买妾。”（《内储说下六微》）

这是一对愚夫愚妇，以为祷告一下就可以出门撞大运，白捡钱财，丈夫甚至还以为要多少便能捡多少。读到此处，你会觉得他们愚不可及，但最后这句回答“再多一些，你就会拿去买妾了”，却显示出这位愚妇比我们聪明得多！因为她知道，夫妻之间的关系，往往不是因了感情，而是因了一种平衡！一旦平衡失去，夫妻关系也就随之瓦解。难道这不是我们情感难以接受而理智却不得不承认的真相吗？

甚至，在帝王诸侯之家，后妃、妇人往往盼望她们的夫君早死,这又是为什么呢?

> 丈夫年五十而好色未解也,妇人年三十而美色衰矣。以衰美之妇人事好色之丈夫,则身见疏贱,而子疑不为后,此后妃、夫人之所以冀其君之死者也。(《备内》)

原来她们担心由于自己失宠而使她们的儿子不得为继承人!所以,她们宁愿丈夫在爱上下一个女人之前死掉!韩非还提到,富贵人家,往往兄弟不和,原因也在于争利。唉,一个"利"字,打败了多少"义"字!"道德"的城防在"利"的洪水面前,土崩瓦解……

求用意:

写了什么是事实,为什么写是用意。求用意最易出错,或者说最易闹纠纷,所以千万要小心。

父子夫妻关系既如此,则君臣关系便可想而知了。他由夫妻父子之间的"计算之心"推出了君臣之间的"异利"关系:

> 人臣之于其君,非有骨肉之亲也,缚于势而不得不事也……夫以妻之近与子之亲而犹不可信,则其余无可信者矣。(《备内》)

韩非的目的,本不在于挑拨我们的父子、夫妻关系,他不至于这么邪恶。他如此偏执一隅地谈父子夫妻的利害关系,目的就在于指证君臣关系——他不是伦理学家,他是政治家,他研究的也不是社会道德伦理问题,而是帝王之学。他认为,人臣总是无一刻休止地窥伺君主,而人主则不能觉察,反而沾沾自喜骄傲自大,这样下去,总有一天会倒霉的。他举了很多这类疏于防臣御臣而倒霉的君主的例子。君臣之间，本来就不同利：

主利在有能而任官，臣利在无能而得事；主利在有劳而爵禄，臣利在无功而富贵；主利在豪杰使能，臣利在朋党用私。（《二柄》）

这些大臣，在韩非看来，全都无才无功无用，却又自私贪婪邪恶。既如此，当然要有御臣之术，他主张人主用"刑"与"德"这"二柄"来导制臣下，这"刑德"二柄，如虎之爪牙，虎正因了有爪牙，才能制服狗，若失去了爪牙，岂不反为群狗所制！

关于治服臣下，韩非说得最多，出的主意也最多，并且往往又聪明又恶毒，是一个极聪明的人才能有的恶毒。他说，驯鸟的人剪断鸟的翅膀和尾巴上的长羽毛，这样，鸟就不得不依赖人的喂养，那它还能不驯服吗？英明的君主畜养臣子也应当这样：使臣子不得不仰仗君主的俸禄生活，那臣子又怎能不驯服呢？韩非！阴险的韩非已经知道，剥夺人的经济独立性，是培养奴才的最好方法！是的，当我们一切都依赖国家，依赖供给，依赖官僚机构的位子及相应的俸禄的时候，我们还会有独立性吗？

后代的许多君主就这样做了。请举出几例。

在封建时代，土地私有的农村，还是有一些独立性可以保持的。那些不愿合作、独善其身的隐士们，依赖的就是那私有的"方宅十余亩，草屋八九间"（陶渊明）。对于这些凭借私有财产，独立自存不臣王侯的人，韩非咬牙切齿一般地说：

势不足以化，则除之！(《外储说右上》)

至此，封建专制已在理论构建上完成了最后的也是最重要的一环。这一环的起点是荀子，终点是韩非。

韩非既已认定人没有独立存在的价值，人不是一个自足的存在(从现代意义上说，就是彻底否定一切人权)，那么人的价值，甚至人作为一个肉体存在的依据，都只能是在一种自上而下的权力关系中才会得到保证。独立的人不仅不是一个道德主体，甚至其自身存在都是不道德的，当然也就应该杀掉。齐国隐士田仲因为"不靠仰人鼻息糊口"(不恃仰人而食)，自立自存，便被韩非借人之口讽刺为全无用处的坚如石头的葫芦(《外储说左上》)。齐国东海上有名叫狂矞和华士的两兄弟，"不臣天子，不友诸侯，耕作而食之，掘井而饮之。""无求于人，……不事仕而事力"，要自食其力，便被姜太公杀掉，因为他们不愿做官，就不好管理，不愿任职，就不会效忠君主(《外储说右上》)。你看，在韩非的理论里，人是一种什么样的存在？是工具形式的存在，是国家的工具，更明白一点说，就是权势的工具！

我们悲哀地看到，先秦诸子特别可贵的独立性，包括人格独立和学术思想独立，都被韩非卖与帝王家了！

三

侧重法：择其重者论之。

冷酷的解剖。

我不能不提韩非对道德问题的见解。在这方面，他比先秦诸子中任何一位都更能抓住本质，更接近事实。甚至，在整个古代中国，像他这样对道德问题有如此深刻洞悉的，也不多见。他是接近道德内核的、接近真理的古代中国第一人。

首先,韩非已经认识到了,道德绝不仅仅是一种令人愉快的社会氛围,一种轻松的、令我们感到无尚快乐的道德游戏。它是功利的,实用的,否则它就是应当被抛弃的,比如已经过时的、失去对当今社会整合作用的古老的“仁义”。把尘土当饭,把稀泥当羹,可以作为孩子“过家家”的游戏,而不能真吃,它们不具备充饥的条件,先王的所谓“仁义”也是如此。我以为,道德是一种“成本”,是社会所获得的总效益的最小成本。只是韩非认为还有比这更小的成本,那就是他所倡导的“法”,所以,他毫不犹豫地抛弃了道德,以“法”代之。

其次,他坚持认为,人的一切行为,其动力都是“利”,而不是道德,他在《五蠹》中说,尧舜的禅让,并不是如儒家鼓吹的那样,是道德的高尚,而是那时当天子太辛苦而没好处,禅让出帝位给别人,简直就是逃避吃苦,躲开责任。这肯定会让儒家大为光火,但我宁愿相信他而不相信儒家。他接着说,今人连一个小小的县令之职都争得不亦乐乎,也不是今人特别卑鄙无耻,而是当今做官的好处太多,捞到的财富可以让子孙几代人都能享用。在春天青黄不接,家里揭不开锅的时候,连幼小的弟弟都不给饭吃,而到了秋天丰收季节,连疏远的客人都会得到很好的招待。这难道是爱过客而憎幼弟吗?只是由于粮食的多少不同罢了!

再看下面的一段话:

故舆人成舆,则欲人之富贵;匠人成棺,则欲

人之夭死也。非舆人仁而匠人贼也，人不贵，则舆不售；人不死，则棺不买，情非憎人也，利在人之死也。（《备内》）

这一段话我们似曾相识，不是吗？对了，孟子也曾用这个方式说明过问题。孟子说，造箭的人唯恐箭不能伤人，造铠甲的人唯恐不能保护人，造棺材的人盼人早死，所以，要有好的品行，选择职业很重要呵。我在孟子那一章中已对孟子的这种职业决定道德论进行了批评，可参看。我们把孟子的结论和韩非的结论对照一下，显然，韩非是科学的，而孟子是唯心的。

再次，韩非还认为，道德观念是随着时代的发展而不断变化的。这又是与宣称“天不变，道亦不变”的儒家对着干。韩非真是儒家的死对头，而且这对头又是那么强大、犀利。庄子批儒，乃重于给腐儒画脸，使之出丑；韩非批儒，则重于剖心，使之露拙。所以，真正从逻辑、事理角度批儒，而极有摧毁力的，乃是韩非。

画脸是嘲讽，笔笔带笑；剖心是追杀，刀刀沾血。

应该说，直到此时，韩非都比儒家高明、诚实。糟糕的是，作为集权主义者，他最终是要站在君主、权势的一方，来整治臣民。这就使得他具有不少科学精神的理论，成为冷酷无情的利剑。

破题。

既然韩非已经认定道德以及由此而界定的人之品格、行为，都不过是利益的一种隐蔽形式，是一种含而不露乔装打扮的欲望形式，那么，所谓的才智、贤良便不足为凭，尤其不能赖以治国。这就不仅反对墨子，而且也和他的老师荀子叫板了。荀老师可是认定，在贤与法之间，贤是更重要的，他宣称，有治人，无治法。也就是说，只要贤人在位，无法也能治国；而若是奸人当道,有法又有什么用?而韩非显然对老师的这些谆谆教诲不屑一顾,弃之如敝屣。他也宣称,既已有法可依,中等以上才智品行的君主就可以抱法而治,还要贤良干什么?相反,臣子贤良,还可能对君主构成威胁,田成篡简公,子之篡子哙,都是因为臣子贤。可见,贤,于治国无益,而于篡国则有助。这就显然是老子"不尚贤"的愚民政策了。愚民本身就是弱民,因为它剥夺了人的自身发展权利。韩非要以牺牲天下人才智、剥夺天下人自身发展权利的代价来换得君主地位的稳固,在他看来,人民不需要才智,只需要服从。韩非直言不讳地这样宣传,简直是毫不顾及我们的自尊心。这真正是马克思所指责的,践踏人,不把人当人的专制理论。

当然,我们还应该公正地说明一下,韩非反对仁义、贤智等,不是说它"不好",而是说它们"无用"。在孟子那一文中,我说,孟子大倡仁义道德,不是在说"这是真的",而是说"这是好的"。我想,这里韩非与孟子的区别在于,韩非讲的是科学,而孟子讲的是信仰。信仰与科学在价值取向上是不同的。

信仰的价值取向是人格力量。科学的价值取向是实际功用。

由此,韩非是不相信统治者的个人德行的,至少他不期待。因为这种期待无异于守株待兔。他说,像尧舜这样的大圣与桀纣这样的大逆,极端的好与极端的坏,大约都是千年才出一个。尧舜可以不要法而治,桀纣也是法所不能约束的。但世上最多的,不是中等的君主吗?这些中等君主,上不及尧舜贤德,下也不做桀纣那样极端的坏事,这样的君主,"抱法处势而治,背法去势则乱"。所以,他恳切地说,我的理论,就是给这些人构想的呵。他把他的理论和儒家的进行比较,他说,像儒家那样,“废势背法而待尧舜,尧舜至乃治,是千世乱而一治也”;而用我的法治理论,“抱法处势而待桀纣,桀纣至乃乱,是千世治而一乱也”(《难势》)。这是多么清醒的理智,又是多么辛苦的救世热肠呵!尧舜这样的人尚能千世出一个,他对人性不也够乐观的么?事实上,从韩非到今天,几个千年过去了,出过一个尧舜吗?

四

道德与权力,往往是政治的两翼。谈了韩非对道德的见解,就不能不谈他对权力的看法。以韩非的敏锐,他不可能不发现权势的重要。在《功名》一文中,他说明智的君主立功成名必须依赖四个条件:一是天时,二是人心,三是技能,四即势位。聪明的读者会很快看出来,这四点中真正重要的还是势位。因为天时可遇而不可求;人心只是政治的后果,是政治争取的对象或目标;技能才智是内在的,也往往是先定的。唯一一个主动的、可资利用为政治工具的,只有势位。韩非说:“有材无势,虽贤不能制不肖。”又说:“桀为天子,能制天下,非贤也,势重也;尧为匹夫,不能正三家,非不肖也,位卑也。”可见才能道德都不是权势的对手。在《五蠹》中,他还说,孔子,是天下的圣人,可是追随他的也就只有七十几个人;而鲁哀公,不过是一个下等的君主,但他南面君国,境内的百姓没有敢不服的,连孔子本人也只好做他恭恭敬敬的臣子,而他却高高在上地做孔子的君主。可见在义势之间,势几乎是必胜的,而义简直无胜算的可能。一般的人性弱

看清权力的真面目。

点，是易服从于势，而很少有真正倾心向义的，尤其是在利害选择面前。既然势有如此巨大的力量，深刻的韩非，当然是看出了权力的危害以及权力已经造成的种种罪恶。在先秦诸子中，系统地阐述权力危害的，就是韩非，在他极重要的论文《难势》里，他假借慎子及两位批评者，对权力的危害及消弭，进行了具有真正意义的探讨。慎子极称权势对于政治的重要，而发难者却指出权力的两面性——“便治而利乱”——便于治天下，也易于乱天下！确实如此。权力，只是一个事实，我们无从回避它，无从评判它，因为它无价值取向。而什么样的社会力量或个人掌握权力，用什么样的方式运作权力，这才是一个问题，才有讨论的意义。关于这一点，韩非又有他一贯的对人性的悲观，他认为，根据人性，贤良的人少而不肖的人多，所以，权势落入不肖人手中的可能性与次数也会较多，这样，权势所起的作用，当然是治天下的时候少而乱天下的时候多。而邪恶的人一旦得到了权力，韩非说，那就如同老虎又添上了翅膀，将要飞入通都大邑，挑选着人来吞食了。桀纣筑高台，挖深池，耗尽民力，设置炮烙之刑，残害人命，不就因了他们有天子的权势么？假如他们只是一个平民，他们还没有做一件坏事，就被制止了。韩非假借这位发难者之口，尖锐地指出：“势者，养虎狼之心而成暴乱之事者也，此天下之大患也！”

到这里，韩非实际上已经深入到权力内核了。池田大作说，权力天然具有反民众的特性，人类必须永远警惕权力的罪恶。如果我们极端地说一句“权力是万恶之源”，是不过分的，因为权力至少可以助纣为虐,使人性中的恶不受制约地肆虐!

那么,对于权势这个客观存在,我们怎么办呢?像无政府主义那样抛弃它吗?在贫瘠的黄河流域,那瘦薄的黄土上绝不可能产生无政府主义的苗苗。那么,只有两条路了,一条就是儒家的贤人政治。如果权势如马车,那我们就等着一个贤人来驾驭它吧。这也是韩非老师荀子的对策,但这想法太幼稚,我在前面写孔子,孟子,荀子时已一再指出过。如果把问题简化一下,那就是,如果没有贤人,或恶人多贤人少,那我们就听天由命地任由恶人作践我们,把我们引上绝路吗?还是引用韩非的话来问更明确:如果中原地区一个人落水了,我们一定要等着南方越国会游泳的人来救他吗?所以,我想,儒家的贤人政治,实际上就是无所作为,听天由命,至多搞一些道德宣传。这显示出儒家在政治体制构想方面,是十足的无能、无知与不负责任,是孱头政治。偏他们由于无知而糊涂胆大,仗着他们蜡制的道德长矛,要喝退一切邪恶。据新儒家的宣传,这蜡制的长矛还将要拯救整个世界于水火之中哩。

而另一条路就是韩非给我们指出的"法势并治"!以法来约束权力!他说,一般的君主,如果能够拥有权力而又能守法,以法治国,就不仅可以避免权力的危害,而且可以治好天下了!

儒家以道德为约束,墨家以天志为约束,韩非以法制为约束。三合为一的约束,或许可以减少权力的罪恶。

在中国漫长的历史里,这实在是一个天才的思想。光这一点,就已远远超过当时的儒墨道等各家了。因为他至少指出,权力,是需要有所约束的!

但韩非的这种思想仍是天真的。不管认定人性恶、惨礉少恩的韩非多么不惮于用最大的恶意来推测人,他还是比君主们天真善良：他一厢情愿,充满美好愿望地认为,君主们都是能自觉地甚至乖觉地守法的,是遵纪守法的模范,是克己复礼的模范。但事实上,“以法制权”,有两个先天性致命的缺陷,一是,假如有权势的君主们不守法,无权势的大众又能怎样?只能起义,实行暴力革命吗?那这套政治构想也就随之破产了。二是,这“法”,是由谁来立的呢?又由谁来执法呢?如果立法的是君主,执法的又是君主,这“法”又怎么能约束君主呢?这也恰好就是荀子宣称“有治人,无治法”的根据。问题在于,这种“法”,是在体制之内还是独立于体制之外?如果是在体制之内,那它确实避不开荀子的怪圈。《管子》早就一言道破此种尴尬:“国皆有法,而无使法必行之法!”(《七法》)任何一国都有法,但都没有保证这些法一定得到遵循的法!这实际上已朦胧地意识到了,要使法律得以无碍地运行,必须建立独立于权力之外的法律运行机制。但韩非在这里止步不前,甚至后退一步：把法置于权力之下。这就痛失一次接近真理的良机了。

韩非的时代不可能有其他的选择。封建初期不可能出现近现代的“法制”思想。中国值得探讨的问题是,为何一直没有超越韩非法治思想的思想家出现?

显然,遏制权力,光靠没有保障一定得到遵从的法,或体制之内权力之下的法,还远远不够。韩非想到了应当约束权力,遏制权力的滥用,但他又是一个尊君抑臣的独裁者,集权者,他决不可能想到“以权力约束权力”,他甚至不能容忍君臣共同治国,当然不能容忍臣子分得君主的权力,尤其是互相制约的权力。而这一点,比他早近一百年的古希腊的亚里士多德,已想到了,并大胆地肯定了。集权主义者韩非,最终还是走回了他老师荀子的老路：荀子为抑制人性恶,竟荒唐地想到用加强权力的方式来解决之;韩非看到了权力的罪恶，也想到了权力应当有所约束，但他仍在那里鼓吹集权！为什么在中国，就是不能产生分权思想呢？这难道仅仅是我们思想家的过错吗？人们会说，在面对恶劣的自然条件时，集权或中央集权有利于集中力量来战胜自然。这是导致中国几千年专制思想一直走红盛行的原因。但是，我们能否反过来想一想，高度的统一（包括思想统一）真的能使一个民族强大有力吗？长期的集权专制，不是恰恰使一个民族愚弱贫穷，从而非但不能增强，反而大大削弱了其改造自然的能力么？

所以，韩非的法治与我们今天的法制甚至与资产阶级的法制也是大异其趣的。他的"法治"只是一种手段，仅仅是实现国家权力的工具和手段，所以，它不但不能保护人民的权利，反而是集权统治剥夺人民权利的帮凶。剥夺天下的权利而集于帝王一身，这就是韩非"法治"的本质。而近现代意义的"法制"，则是一种制度，一种目的，它是把国家权力置于法律的控制之下，这样，就能有效地防止权力的罪恶。在独立运行的司法制度下，分权的目的得以实现，以权力约束权力的目标得以实现，社会成员的个人自由得到了保障。客观的事实是，国家权力不可能由每一个社会成员来直接行使，而只能是他们中的一部分人来代表他们行使，所以，损害个人权利往往以国家名义进行，但事实上很可能只是这一小部分人的权益与意志。如果我们以为政权与政府是不受法律约束的，岂不很简单地就可以从理论上推导出，那一部分掌握国家权力的人是不受任何法律约束的？这是一种多么可怕的情形！而这种恐怖的情形，已经在中国存在几千年了。

五

我认为,在中国传统的价值观念里,包含着这样一个极深刻的矛盾:人格理想与道德理想的分离。韩非是最先对这种现象感到痛心并加以揭露的人,可惜后世对这样一份极有价值的思想精华严重忽略了。以至后世这种分离现象愈演愈烈。所以,犹豫再三,我还是写下这一节,为韩非的理论喝一声彩,叫一声屈。

别开一途。

在中国思想史上,不仅仅是避世的道家,就是貌似与道家严重对立、注重事功的儒家,在他们那里,弃天下如弃敝屣,避世风流、个人逍遥乃最崇高因而也是极要推崇与企羡的人格理想,这类人被视为高洁之士、道德有行之士。而投身众人之中,以天下之苦痛为心病,通天下之务,忧天下之患,则反被视为俗人,往往被嘲讽与讥笑,他们的行为也往往被歪曲。在这里,显然的,人格的审美理想与道德的伦理理想发生了严重的偏离,审美与道德严重对立。这种偏离与对立使得道家超凡脱俗的个人修行和儒家至大至刚的“兼济天下苍生”,都蜕变为“明哲保身”的自私自利的犬儒哲学。同时,儒家还有一种极恶劣的政治思想,那就是往往过分重视社会的稳定,哪怕是一潭死水的所谓“稳定”,而对社会的发展则不感兴趣。在儒家学术里,关于稳定的理论可以说是汗牛充栋,且精致无比,但发展却被出卖了。而要扼杀社会的发展,首先又必须扼杀人的个性发展与人的天赋能力与权力,尤

问题的症结在于:放弃世俗功利的同时,也放弃了为世界承担的责任。

其要扼杀人对物质的欲求心。在这里,儒家和道家几乎一致地认为,社会可以在极度贫乏的物质条件下获得稳定,稳定的条件是道德的昌盛而不是物质的繁荣。而个人则完全可以在一种低级的稳定里通过心灵的调节而获得满足与幸福,而不是成就感。这种调节心灵的工夫而不是改变世界的能力,被当作衡量一个人人格层次的标尺。这够值得怀疑的了。而这种观念一旦转化为道德评判,那些有所作为、有所建树的人,其受到厄运也就可想而知了。与之相应的,那些退归自然或内心,洁身自保,自私自利,在大是大非面前随波逐流、无主见做孱头的人,却获得人们普遍的赞扬,声誉鹊起。韩非悲愤地列出了一大堆这种是非颠倒的现象:

作为社会的人,我们鼓励为社会承担责任。所以,我们一直歌颂那些为公利献身的人。

> 畏死远难,降北之民也,而世尊之曰"贵生之士"。学道立方,离法之民也,而世尊之曰"文学之士"。游居养厚,牟食之民也,而世尊之曰"有能之士"。语曲牟知,伪诈之民也,而世尊之曰"辩智之士"。行剑攻杀,暴憿之民也,而世尊之曰"磏勇之士"。活贼匿奸,当死之民也,而世尊之曰"任誉之士"。(《六反》)

这"六民",是否如韩非所指控,都是"奸伪无益"之民,我们现代人当然有不同看法,尤其是在一个人权社会里,人有权利选择自己的生活态度与生活方式,只要他能适应,或者,为社会所容。但韩非在这里指出社会行为和社会评价的矛盾,应当值得我们重视。再看下面:

为故人行私谓之“不弃”，以公财分施谓之“仁人”，轻禄重身谓之“君子”，枉法曲亲谓之“有行”，弃官宠交谓之“有侠”，离世遁上谓之“高傲”，交争逆令谓之“刚材”，行惠取众谓之“得民”——“不弃”者，吏有奸也；“仁人”者，公财损也；“君子”者，民难使也；“有行”者，法制毁也；“有侠”者，官职旷也；“高傲”者，民不事也；“刚材”者，令不行也；“得民”者，君上孤也。

韩非指控这八种行为是“匹夫之私誉，人主之大败”。应该说，在一个秩序的社会里，一个法制的社会里，韩非所指控的这八种行为或是犯罪，或是一种落伍的道德信条。在一个法律至高无上的社会里，哪怕是让罪犯逍遥法外，也决不容忍私人的复仇。因为犯罪只是冒犯法律，而随之而来的复仇，却是将法律取而代之。在这里，韩非的思想显然是很现代的了。

从学理上讲，现代社会不应当有复仇的故事。但我们还经常能听到现代人复仇的故事。那么我们离现代有多远？

与之相关的一个有趣也极有研究价值的现象是，韩非不再把人分成君子和小人两类（这是他之前各家学派共同的分法），因为君子和小人都不过是时势使然，时势的变换往往也导致角色的变换，况且大多数情况下，一个人身上，往往既有所谓“君子”的属性，也有所谓“小人”的属性。因而，君子小人的分法没有现实意义与理论意义，甚至有害：那些出身低微的先天性“小人”在这种理论面前，不再追求道德上进。韩非用了新的标准来对人进行分类，他的这种分类竟也十分现代：他把人根据其行为分为为公和为私的两类。并且分别冠之“公民”和“私民”的头衔。这可能是汉语中“公民”这个极现代的词汇的极古老来源吧！显然，这种分法有极重要的现实意义，它避开了抽象道德的无聊，操作性强，客观性强。很有意味的是，很多儒家观念中德行高尚的仁人君子，在他的标准里，恰成了为私的一类。他双目炯炯，一咬牙，一口气列出了如下12位儒家名人：许由、续牙、晋伯阳、秦颠颉、卫侨如、狐不稽、重明、董不识、卞随、务光、伯夷、叔齐，认为这些人若从抽象道德角度言，不可谓不高，他们“或伏死于窟穴，或槁死于草木，或饥饿于山谷，或沉溺于水泉。”(《说疑》)但他们有一人是为国而死的吗？是为民而死的吗？韩非的这种质问实际上恰是站在道德的立场上。只不过他对于道德善的理解和儒道不同罢了。而我以为他是较为正确的。道德至高的善应是什么？就是介入当世的纷争，为正义与公理而战。这些人介入了当世的纷争了吗？不，他们都退避远祸去了！对于韩非的这种指责，我不应当为他喝一声彩叫一声好吗？

西方人的人格理想是那种智勇双全的英雄，刘劭《人物志》这样定义“英雄”：“聪明秀出谓之英，胆力过人谓之雄。”故英雄，一定是介入当世纷争，勇于承担，有大作为、大动作、大贡献的人，“该出手时就出手”，毫无一丝退避之心的人。可以说，在“英雄”的内涵里，道德的伦理理想与人格的审美理想是统一的。而中国人对“英雄”往往是规避、畏惧并不失时机地加之以陷阱的。曹操与刘备饮酒，说袁绍袁术等都不值一哂，“天下英雄，唯使君(刘备)与操耳”，刘备就吓得连筷子都掉到地上去了。可见，在中国做英雄，或者被人视为是有作为或将有作为的人，都极其危险，因为这类人往往破坏“稳定”呀。在中国,最高的人格理想是“君子”,那种荀子式的循规蹈矩,中庸守旧,“动静咸有规矩”的君子。这种“君子”,阮籍《大人先生传》中对之有极入木的刻画,待我写到阮嗣宗时再谈。不过,在“君子”的内涵中,则显然已发生了道德理想与人格理想的偏离。我们憎英雄而爱君子,实质上乃是我们怕发展而求稳定,也表明国民心态的虚懦。

一个民族性格的缺陷,一定会有其深层的文化因由。

六

对于韩非,我是敬憎交织的。我敬他的坦率、真诚,敬他的直面惨淡人生的勇气。但对他的网罗小民以奉一君的专制则免不了愤愤。他开诚布公地说出了人们的实际作为,而不是人们应当的作为,这种思维方式与儒家正好倒了个个儿。同时,他敢于这样做,也说明了他具有非凡的勇气。要知道,假如一个人是医生,我们就不能因为他对病状的坦言相告而怀疑他对病人的用心。同样的,不能因为有人指出了我们道德上的不足,精神上的缺陷,人格上的污点,我们就认定他没有善意。一种话该不该说,是道德问题,而从科学的角度看,只存在所说的是否是事实的问题,而不存在该不该说的问题。从这种立场看,我们应当对他表示应有的敬意与谢意。另外,从学术自由的角度言,把自己的发现与发明公之于众,这正是最高的学术良心,是学术的价值和尊严所在。因为这不仅是学术的权力,更是学术应对社会承诺的义务。

非常普遍的现象是,人们往往将道德判断凌驾于事实判断之上。人们不习惯弄清事实,只习惯于从自己的道德立场出发去揣测事实,或夸大事实,或掩饰事实,或歪曲事实。这是一种非常可怕的民族病。

但在这里，我不得不指出韩非的一个极让我不快的思想，那就是他对于"私学"的意见。这一意见在他的整个思想体系中可能微不足道，但它给我的感觉却如此之糟，以致我耿耿而不能释怀。

我们知道，他本人即是出身于私学，受惠于私学的。他是从私学大师荀子那里，锤炼出严谨犀利的文笔，造就出深刻而独到的思想。但他后来反戈一击，把他出身于此的"私学"彻底否定了。是的，先秦诸子，写到韩非，结束了。私学结束了。漫无王法，自由洒脱的时代结束了。哲人枯萎了。而政客则亢奋起来。我要说的是，嬴政皇帝用刀与剑、坑与火结束的时代，韩非早就用他那支磨砺于私学、锋锐无比的笔把它结果了。这样说我也不愉快，把一个诚实的学者和一个暴虐的君王相提并论，可能是不公正的，但我只能尊重事实。

这是学术良心。

在我们上引的《六反》的一段文字中，韩非就把"学道求方"（学习道理追求真理）的行为，看成是背离国家的法度。难道韩非真的认为，人只应当追随权势，追随权力意志，而不能追求真理吗？他的老师曾慷慨地宣称："从道不从君，从义不从父，人之大行也。"（《子道》）这种精神已被他彻底抛弃了吗？

《显学》中，韩非完全从实用的角度来看待学术，而其实用的范围，又是那么狭隘，不过"耕战"二字，这使得韩非成为先秦诸子中最无哲人气象的一位。他对当时天下"言无定术，行无常仪"表示了极大的不安，而人主对这些各执一端的言论竟然"兼礼之""俱听之"，这又使他极为不满。他已经对"百家争鸣"表示他的厌倦了。他出主意说，在这些纷纷然的言论中，寻找一种适合统治的理论（当然也就是他的法家理论），使之官方化，用官府文告的形式加以公布，变成官方哲学，体现官方意志，而对那些落选的学术理论，则实行消灭："去其身而息其端"——除掉发表这些言论的人，消灭这些议论的根源！赤裸裸地鼓吹从肉体上消灭异端学术，韩非韩非！本是同根生，相煎何太急！

学术的价值在于提供方法与思路，这种方法和思路也许在遥远的将来才会显示它的价值和启示性。所以，学术的储备是很重要的，即使从实用的角度言，我们也可把它看成是武库。为了一时的是非与实用，我们就扼杀一切未来的可能性吗？

《诡使》一文中，韩非对"私学"的讨伐达到了极致。他把"私学"称为"二心私学"，也就是不和君王同心同德的私学。这种指控太有效，也太可怕了，因为它直接激起了君王对私学的愤怒。对"私学成群"的现象，师生之间的"师徒"关系，他都反感。这实在让人匪夷所思。因为，在他那时，"最为老师"的私学第一大师正是他的恩师荀子，而他与荀子之间也正是"师徒"关系。为什么他所学的，就不是"二心私学"，而是忠心耿耿的"私学"，别人的一定是犯上作乱的呢？他如何在个人档案的履历表上填写自己的人生经历呢？

铲除了"私学"就铲除了"异端"，从某种程度上说就铲除了思想。

没有思想、没有"异端"的民族，最终会走向衰亡。

我们看他对私学的判决："私者，所以乱法也。而士有二心私学，……大者非世，细者惑下"——注意他的口气，他用的可是全称肯定判断，也就是说，他如此骤下断语，是把他自己也装进去了的。而下面的判语更是无理至极,蛮横至极,血淋淋至极:“凡乱上反世者,常士有二心私学者也”——凡是犯上作乱,反对现存社会的,常常是读书人中那些怀有异心搞私学的人——多么可怕的指责!中国文人几千年的悲惨命运,几千年的不受信任,几千年的被杀戮、囚禁、流放、贬抑、灭族,就是从这里开始的吧?你看他主张如何处置这些搞私下学术的人:“禁其行!”“破其群!”“散其党!”这些短促而急切的句子,是从格格响的牙缝中射出来的吧?

他的这些主张果然在秦王朝那里得到了施行。他的同学,一位冷酷而势利的幕僚李斯,对秦始皇帝嬴政说:“私学而相与非法教,人闻令下,则各以其学议之,入则心非,出则巷议,夸主以为名,异取以为高,率群下以造谤。如此弗禁,则主势降乎上,党与成乎下,禁之便!”(《史记·秦始皇本纪》)始皇三十四年(公元前213年),议封建,引出“禁书”事件,三十五年(公元前212年),又引出“坑儒”事件。韩非的主张终于成了血淋淋的现实!

但是,中国历史上的那些“犯上作乱”者,真的是文人么?——

竹帛烟销帝业虚　　关河空锁祖龙居
坑灰未冷山东乱　　刘项原来不读书

（唐·章碣《焚书坑》）

好一个“刘项原来不读书!”好让人感慨唏嘘的“刘项原来不读书!”

七

韩非这种不给自己留后路的哲学终于断送了他自己的生路。在论君臣关系时，他是那么尊君抑臣，好像他对臣子的奸诈有一种神经质似的恐惧，但他怎能不知道，相对而言，在君臣关系中，弱者是臣子呢？他的学术高高祖老子，是帮弱者出主意的，而他却帮强者出主意，他忘了自己就是臣子，就是弱者了。他给私学下死刑判决，却忘了他自己也是私学，只是他要扑灭的诸子百家中的一家，并没有人封他为官学，他的哲学并没有取得官方思想的地位。而他对人性问题有那么深入的洞察，却不能看透势利的同学李斯的心思；他对“国亦有狗”、大臣阻挠法术之士晋见君主的情形那么明了，却不能明白，他万不可以得罪秦王的宠臣姚贾。更重要的是，他那么深察游说君主的危险，自己却偏偏撞进罗网；他一再警告不要去撄人主逆鳞，自己却偏偏为了保存韩国不惜以身试法，用自己的生命与鲜血为他的《说难》做了最生动的注脚。因为要救李陵一家性命，而得罪汉武帝，惨遭宫刑的司马迁，在韩非的传记里，全文录引他的《说难》，并一再叹息“韩非知说之难，为《说难》书甚具，终死于秦，不能自脱。”“余独悲韩子为《说难》而不能自脱耳！”司马迁深谙历史，不也不能自脱么？司马迁这是在借他人之酒，浇自己的块磊吧！不过我想，在专制社会里，“明哲”与“保身”岂能两全呢？韩非聪明，司马迁更聪明，但他们仍不能自脱，这一点，庄子早就冷眼看穿了：“无所逃乎天地之间！”是的，当专制君主一人拥有所

韩非被尊于子，在于他有学问，有良心，他是用良心做学问，不是丢弃良心以伪“学问”献媚。

有权力的时候，如何讨好他，便是唯一真正的聪明，这种聪明的最本质特征，乃是放弃良心！所以，在中国漫长的专制社会里，聪明不是一种素质，不是一种先天的生物潜能，也不是后天的知识积累，而是对一种关系的处置：把聪明放在良心之上者，为真聪明；把良心放在聪明之上者，如韩非要存韩，司马迁要救李，那就不聪明了！小人往往少犯错误，小人往往比君子聪明；君子往往触霉头，在小人的精明伎俩面前往往一败涂地，区别不就在于对聪明与良心两者关系位置的处置不同么！

那么，是谁在理论上鼓吹给予君主这样至高无上的、不受任何约束的、对天下苍生生杀予夺的权力的呢？恰恰是韩非。他的法治思想是一把双刃剑，而且是一把无柄的剑，让使用它的人也受伤。韩非之死，从逻辑上说，不就是死于自己的理论么？他无法为自己叫屈，更不能对杀害他的暴力进行起诉——因为他没有起诉的理由。

历史的辩证法。

历史自有其规律。任何一种关于历史的理论都有其缺陷。不能将某种理论诩为历史规律，或奉为历史定例。否则，历史将以自己的规律践踏人们自诩的规律而继续向前。因此，任何一种理论构想都值得警惕，都要不断修正。

折断的双刃剑，无柄剑，还不仅指理论创造者韩非自己折断了，而且，也指短命的秦王朝，韩非理论的实践者。秦始皇原本就是韩非的崇拜者，他用法家的耕战思想权诈理论扫六合而并天下，他又用法家的苛刻少恩法术理论御宇内而治天下。最后，在这一柄无情剑下受伤的，不仅是广大的血泪斑斑的黎民百姓，王朝自身也崩溃了。而这一切，都证明着韩非理论的致命的缺陷，不管它有多么巨大的优点。是的，不受约束的权力，或曰自上而下的权力，对于人民，是致命的；对于统治者和政权本身，同样是致命的。它是一把无柄的双刃剑，而且是注定要折断的。

折戟沉沙铁未销……

单元链接

《荀子》的《劝学》、《韩非子》的《和氏》等是中学语文的传统编目。这些篇章都闪耀着思想的光芒。若将其置于荀子、韩非子的整个思想体系中，我们更能看到它们的意义所在。要提醒同学们的是，它的意义越大，它对读者的影响也越大。小心掉进它的陷阱中，成为专制理论的帮凶。

中华书局2011年版的《荀子》和2015年版的《韩非子》较适合中学生朋友阅读。

第四单元

DI SI DAN YUAN

墨子创立的墨学是先秦显学，墨子是中国历史上最大的实干家。但汉之后墨家事实上退出历史舞台，幕后也少有人为之鸣不平，直到今天，依然无多少人为之喝彩。

屈子在先秦并无多少人知晓，至少在先秦典籍中我们找不到屈原的名字。但贾谊吊屈原之后，特别是司马迁“发现”屈原之后，屈原的名字越来越响亮，不断为后人所传颂，一直到今，一直到永远。

墨子与屈子，分别代表了中国文化的两种重要现象。一个由盛而衰，一个由微而显。两种截然相反的命运，能否找到其深层的因由?

阅读《向帝国挑战》《无路可走》两文，你将会有茅塞顿开之感。

向帝国挑战

墨子学儒者之业，受孔子之术，以为其礼烦扰而不说，厚葬靡财而贫民，久服伤生而害事，故背周道而用夏政。

——《淮南子·要略》

……古今中外哲人中，同情心之厚，义务观念之强，牺牲精神之富，基督而外，墨子而已。

——梁启超《先秦政治思想史》

一

在孔子还很雄壮的时候，他与他的弟子们赶着马车，在阡陌间奔波，周游列国。虽然劳顿辛苦，风尘满面，但那情景却有趣动人：孔子谈笑风生，弟子们兴高采烈。碰了那么多的壁，却不能碰掉他们的热情、信心与幽默感。孔子坐在马车上弦歌不绝，弟子们也齐声歌唱，到了大树下，演礼之余，仍然是鼓瑟鸣琴，与蝉同歌。他们去武城，在郊外很远的地方就听到城中传出的百姓们的歌咏之声，那是弟子子游在用音乐对百姓进行教化陶冶呢。孔子欣慰地莞尔而笑……

你看，孔子周游列国，在野外行进时，很像是乡村歌手或什么乐队在巡回演出。虽然孔子内心很沉重，很严肃，但他们的这个政治队伍，竟毫无政治的严峻与刻板。而是紧张团结，严肃活泼，很富于浪漫情调。

后来，孔子死了。“将军一去，大树飘零。”（庾信语）中原大地的田野上一下子冷清了下来，如同曲终人散，花落春空，颇令人气闷、寂寞与伤感。

在那人生的渡口边，真的没有“问津者”了么？

孔子死后的短暂的真空中，那种氛围很像中唐韦应物的那首《滁州西涧》：

> 独怜幽草涧边生，上有黄鹂深树鸣。
> 春潮带雨晚来急，野渡无人舟自横。

为人物出场铺垫。远处是孔子的回响，近处是寂静的大地。

这是一种辉煌过后的黯淡，热闹过后的清冷，繁华过后的萧条。幽草依然芳香，而人迹已杳，黄鹂一两声清脆的鸣叫也如同碎玉，入水无声。笙歌散尽，游人敛迹，春空难耐。哲人哪里去了？真的是如孔子所云“哲人其萎”了么？

在专制时代，哲人是时代的唯一亮点。孔子这风中之烛熄灭之后，世界真的又踅入“万古长如夜”的黑暗中去了吗？

我们在等待。难道大路尽头再也没有鲁迅笔下“过客”一类的人出现了吗？

这个等待的时间并不长，但令人心惊胆战。

我们不知道我们的希望是否还在。

我们甚至不知道我们还该不该等待。

我们不知道孔子播下的文化种子，是已然霉烂，还是正在悄悄地抽芽。

终于，在大路的尽头，我们看到了一个独行的身影踟蹰而来。我们欣慰之余又不禁黯然神伤：再不是孔子那样的车辚辚马萧萧的浪漫之旅了，来者是一个独行客：他光着头，赤着脚，穿着粗短布的衣衫，面目黧黑，焦虑急切。他腰中的短剑与眼神中的坚毅，使我们心中一惊：这是一个侠客！

人物出场了。注意白描法。

这就是墨子。中国历史上第一个剑侠，最伟大的剑侠！

这剑侠来路不明。这更增加了他的神秘感。司马迁在《史记》中大做《游侠列传》，但对游侠之祖墨子，却几无记载，只在《孟子荀卿列传》的最后，附寥寥数言，权作敷衍："盖墨翟，宋之大夫，善守御，为节用。或曰并孔子时，或曰在其后。"我对司马迁的《孟荀列传》最为困惑，这篇文字好像很不是那么回事。名叫《孟子荀卿列传》，写孟子时却是寥寥数语，且语焉而不详，择也而不精，写孔子之后、孟子之前最伟大之人物墨子，更是如此草草，连起码的考证都不去做。这就使后人大为麻烦。现在，关于墨子的生卒年，我们只能说他与楚惠王大约同时，再扩大一点说，可以说是生在公元前468年至公元前376年之间（孙诒让的考证）。甚至他的姓名，都有不同的说法：有说他叫墨翟，又有人说他叫翟乌。钱穆认为墨子因崇尚苦行，形同受刑之人，而墨刑乃古代刑名之一，故被人称为墨。我想如果可以这样推理，还有两点也可当作"墨"之来源：一是墨子是木匠，惯用绳墨，故姓墨，二是墨子脸黑而姓墨。关于他的籍贯，更是莫衷一是，甚至荒诞不经。司马迁说他是宋人（晋葛洪也持此说），毕沅、武亿说是楚人，高诱说是鲁人，胡怀琛、卫聚贤说他是印度人，全祖同、陈盛良又认定他是阿拉伯人。他

大侠自何而来？

的出身，有人说他是孤竹君之后，与孔子同祖，有人说他是平民，钱穆甚至认定他是刑徒奴隶。

武侠小说大师金庸笔下的大侠们，都有一段身世之谜，扑朔迷离，颇增神秘感。墨子的身世之谜，也够悬人之念的了！

而墨子的学术渊源又如何呢？

《淮南子·要略》云：

> 墨子学儒者之业，受孔子之术，以为其礼烦扰而不说（悦），厚葬靡财而贫民，（久）服伤生而害事，故背周道而用夏政。

来自孔门。

也就是说，墨子最初乃是儒家的门徒，学孔子的思想，但越学越不对胃口，越学越觉得儒学不是那么回事。儒者的礼那么繁琐而不切用，儒者提倡的厚葬浪费财富而使人民贫穷，长期服丧伤害身体而妨碍正事，所以他背弃儒家了！他当了儒门的叛徒了！这一叛，非同小可，这不仅仅是叛出师门，而且是政治上的背叛。我们知道，儒家是热烈礼赞周王朝，维护周王朝的文化的，他既叛儒，当然也就背叛了周王朝，成了周王朝的叛臣逆子了！

孟子曾对“杨朱、墨翟之言盈天下”的状况非常愤怒，发誓要当圣人之徒，力距杨墨，匡正天下，匡正人心。他一厢情愿地设想出了天下言论汹汹滔滔，最后又都万川归海般地归纳于儒家的次序：“逃墨必归于杨，逃杨必归于儒。”显然，他把儒学看成是一切学术的最高阶段，当然也就是一切有出息的学术的最后皈依。他把历史看成线性的发展了。但他忘了世界往往是螺旋式的循环,相生相克,如同小孩子们玩的锤子、剪子、布,相克而周而复始:锤打剪子,剪子剪布,布包锤。用这公式去观察孟子的宏论,就会发现少了一环。这实在是孟子的一个阴谋。正确的说法应该在孟子的“逃墨归杨,逃杨归儒”后面,再加一句:“逃儒必归于墨。”噫!天下的事,原来这么有趣!而不是孟子宣扬的那么严肃。墨子本人不就是从儒门中叛逃的么?“逃墨归杨,逃杨归儒”还仅仅是理论上的一个假设,或说是孟子主观上的一个愿望,“逃儒归墨”,却有一个历史事实在着呢。

自立门派,与儒者分庭,应者云集,成天下显学。

叛徒墨子自据山头,自立门派,自树旗帜,并且还真的振臂一呼,应者云集。他的学派及思想,到了战国中期孟子的时代,已是弥漫天下,压倒儒学。儒学眼看就不济了。所以孟子才有那么大的“道德愤怒”,骂杨朱为无君,骂墨子为无父,全是禽兽,必欲扑灭之而后快。但是,虽然儒学在战国中期又出现了孟子这样的大师,且这位大师又如此党同伐异,哓哓善辩,仍不能阻止墨学的传播与发展。到了战国后期,韩非子时,墨家仍然足以与儒家分庭抗礼,瓜分天下。韩非子说:“世之显学,儒墨也!”

总之,孔子后,孟子前,面目黧黑的墨子及他的一帮刑徒一般蓬头垢面的门徒们,在诸侯之间穿梭来往,以完全不同于孔门的学术及为人风格,开始影响天下。天下又热闹了起来,古道上往来的问津者又多了起来。

二

我把墨子称为向帝国挑战的剑侠,有两点依据。

一、他是剑侠；二、他是在向一个有几百年赫赫历史与辉煌文化的古老帝国及其文化挑战。

韩非子曾列出危害国家的五种“蛀虫”，其中之一就是“带剑者”。这“带剑者”就是墨子后学的流亚。韩非子说他们常常“以武犯禁”——以武力违犯法禁。后来汉代的公孙弘、班固也极力贬排这类人。公孙弘用行政手段，借国家机器来杀这类人，班固则是借文化讲坛来骂这类人，两者配合默契，一武一文。但司马迁的看法却不同。司马迁著《史记》，专列一章《游侠列传》，并对秦代以前游侠的“湮灭不见”感到极大的遗憾。他是这样评价游侠的：

侠者何为？

> 其行虽不轨于正义，然其言必信，其行必果，已诺必诚，不爱其躯，赴士之厄困，既已存亡死生矣（“死生”当作“生死”，存亡生死意即保护快灭亡的，救活将死的——引者注），而不矜其能，羞伐其德，盖亦有足多者焉。

正是因了司马迁对游侠如此珍惜，认为他们有足够的值得肯定与赞扬的地方，他才记载了汉代的游侠朱家、郭解等多人，并给予深深的敬意。这一点又是司马迁高于班固的地方。

孔子不大喜欢“勇”。他和子路讨论“勇”时说，“君子有勇而无义为乱，小人有勇而无义为盗”。说的也对。他和子贡讨论君子所厌恶的事情，其中一条就是“勇而无礼”。他说，“好勇疾贫，乱也”。对刚勇之人，他也不欣赏，他毕竟是贵族气息较浓的人，讲究温良恭俭让，不屑于一般意义上的勇。他最欣赏的学生是颜回,颜回的特点就是纤弱。他手下的子路,原来是个野人,野性难改,比较强亢,他就对他“每下毒手”(李贽语),进行摧折,“由也兼人,故退之”。他还警告子路,如果不改掉这种刚勇的毛病,将会不得好死。有一次他老先生又在那里大夸颜回如何如何,子路颇不服气,要和孔子较个真,就问孔子:“你要是带领三军去打仗,你要谁去帮衬你老人家?”(子行三军,则谁与?)这实在是子路被老先生的这种弱化教育逼急了。所以,孔子的儒,确实有柔弱的味道,“儒”就是“懦”,而“犬儒”这个词就更不好听。墨子则不然,他很赞赏勇,《修身》篇说:“战虽有阵,而勇为本焉”——作战虽然有阵法之妙,但根本还在于战士的勇敢。这话要是让子路听到了,不知会多高兴多得意。汉代陆贾在他的《新语·思务篇》中,说“墨子之门多勇士”,这都是墨子培养的结果。孔门有一个子路,孔子还要“下毒手”摧折他,墨子却满门都是勇士。《淮南子·泰族训》这样写墨子的门徒:

> 墨子服役者百八十人,皆可使赴火蹈刃,死不还踵。

墨者何为?

这墨子学派,简直是一支敢死队,特别行动队!这些粗短服饰的“侠客”一个个怒目圆睁,随时拔刃相向,甚至挥拳相向,与宽袍大服、风流儒雅、口颂诗书的孔门“君子”,真是大异其趣了!

这些勇士关键时候是可以弯弓搭箭舞刀弄棒的。在楚国吴起之难中,为阳城君守城殉难的墨者达 186 人,他们本来是可以弃城自全的(见《吕览·上德》)。

墨子与公输盘在楚王面前较量高低，最后一招，也是最关键的一招，就是他有300个弟子在宋城上武装到牙齿地等待楚国的来犯。墨子门下多勇士的名声太大，吓得楚王赶紧打消了进攻宋国的念头。

上引司马迁《游侠列传》中说游侠往往能为别人的困厄灾难而奔波，不爱惜自己的躯体。等到他们把将亡的保下来，把将死的救下来，却并不夸耀自己的功劳才能，更不炫耀自己的恩德，这简直就是《公输》一文中墨子的形象。大概太史公一边写这几句话，一边就在想着墨子吧。你看，墨子听说楚国将要攻打宋国，便从齐国出发去阻止，这不是千里奔赴，为人解难么？齐国与楚国，在交通极不便的时代，真是令人望而却步的遥远与坎坷啊。他一走便是十日十夜，磨秃了头顶，走肿了脚跟，这不是不爱惜自己的躯体么？《墨经》中说任侠乃是“士损己而益所为”（通过损害自身来助成所做的事业），“为身之所恶，以成人之所急”（做自身所厌恶的事，以便解脱别人的危急），这不正是佛陀的精神，基督的精神么？最后墨子终于说服楚王，使之打消了进攻宋国的念头，弱小的宋国得以保全，这不是“存亡生死”么？墨子止楚攻宋后，回归途中经过宋国，恰遇大雨，他准备到闾门中去避雨，守闾门的人并不知道他为宋国所做的一切，不让他进去。这不是“不矜其能，羞伐其德”么？

千里奔赴，为人解难。

墨子著作中，自第五十二篇《备城门》至第七十一篇《杂守》，共11篇，都是谈防守。他反对攻，当然尽力研究守。司马迁说他“善守御”，显然是把他看成军事家了。这11篇完全是谈防守的技术，若和《孙子兵法》参看，是很有意思的。《孙子》从哲学与政治角度讲战争,《墨子》却纯从技术角度谈战争。孙子颇重视战略,墨子却只留意于战术。看他这11篇兵书,其实他的防守思想并不新颖,更不出色,新颖的是他的科学知识,出色的是他高超的技术。他的防守思路不新颖可以理解,因为他不是进攻的一方,只谈防守,并且是消极的被动的防守。敌方攻城门怎么办?敌方爬城墙怎么办?敌方挖隧道陷城墙怎么办?……凡此等等,都是消极应对,难怪后世“墨守”一词乃是贬意。看来墨子因为一味的反对攻,所以他不理解最好的防御就是进攻。他彻底否定“攻”(注意,墨子讲“非攻”而不是讲“非战”,看来,他反对一切主动的战争),否定战争的一切正面价值,以至于也否定了主动进攻对于防守的价值与意义。他的思想不允许他有这样的念头出现。他自居于弱者一方,不想进取,只图保全,这就使他的防守思想很保守。所以,他的防守之所以成功,或者说在当时之所以有效,只是他的工具先进,设计科学,禽滑厘等三百弟子在宋城上守御,使得楚千军万马望而却步,乃是凭借他的“守圉(御)之具”的先进,超过了公输般的“攻城之械”。从他这11篇兵书看,他是一位专业木匠,科学家,看来他讲勇,更讲科学,讲技术。他挖隧道,其长度、宽度,他造器械,其尺寸、方圆,都一一标明,宛如现代兵工厂的兵器设计图。孔子是不谈战阵之事的,卫灵公向他讨教这方面的知识,他说他只学过“俎豆之事”(礼让揖节),而“战阵之事”不曾学过。孔子反战,乃不言战;墨子反战,却是以战反战以守反攻。这又是儒侠(墨)之间的大区别之一。

守城反攻,以战反战。

三

但墨子最锋利的剑还不是他的守城之具，而是他的思想锋芒。这思想锋芒的寒光直逼一个大帝国的咽喉，使本来就苟延残喘的周王朝，顷刻间就失去了苟活的依据。

前面讲到《淮南子》说墨子“背周道而用夏政”。是的，他背叛儒家之处，就是背叛周朝之时。而所谓“用夏政”，只不过是以其人之道还治其人之身，用一个更古的圣人大禹来与好古的儒家较量罢了。

墨者何思？

墨子毕竟是孔门之徒，所以，有些思想与儒家还是一致的，这是他认为“理自不可异”的地方，如他的《亲士》《修身》《所染》诸篇，其思想、观点，与儒家如出一辙，不大有意思。有意思的是他与儒家不同的地方，这才是墨子自己的真创见。有些题目，一看就知道和儒家对着干，《非儒》不说了，《兼爱》《尚贤》直刺儒家的“亲亲”与贵族政治，《非乐》《节用》《节葬》直刺儒家的礼乐文化与厚葬靡费的传统，《天志》《明鬼》反对儒家的道德政治与敬鬼神而远之的观念，《非命》反对孔子的“死生有命，富贵在天”……可以说，墨子由孔儒的思路，来个反向思考，从而另立一派，成一家之言，卓然而为一大宗。这种特立独行的精神，也正是独持偏见、一意孤行的大侠客作派。

毋庸置疑，在墨子时代，反儒即是反周。儒家文化实际上乃由周公礼乐制度而来。到了春秋之末，礼坏而乐崩，周王朝政治大厦眼看不支，周王朝的文化之树也秋叶飘零。孔子乃强为之作柱，力求维持。而墨子作为一个“贱人”（穆贺说他是“贱人”，他也默认了），知道那贵族封建制度对平民而言，毫无益处，所以，他眼里看着周王朝的大厦将倾，心中却暗暗欢喜，并暗暗出力，推而排之。孔子是尊周王的，看他的《春秋》即可知道，连纪年月都来一个“王正月”。在孔子眼里，“王”只有一个，那就是周王。《春秋》和《左传》一般也只称周天子为王，其他诸侯则只以爵位称之。而墨子则是在暗示王公大人，舍旧谋新，王侯将相宁有种乎！他的目的，就是要建立一个完全不同于周王朝的新“大一统”。这勇气可佩极了。他开口闭口即是：“王、公、大人”，这个“王”冠他轻易就送人了。我们看一下历史纪年。公元前325年，最蛮不讲理、最无文化约束、最敢恣意妄为的秦，才敢公开称王，在此前后数年之间，各大诸侯国也才相继称王。而此时距墨子之死，至少有半个多世纪了！一直到公元前256年，这个虎狼之秦才灭东周，而墨子则是在此前一百多年，就已经在心底里视周王、周王朝如无物，在理论上把这腐朽没落的、可怜兮兮的，龟缩在洛阳周围弹丸之地的东周格杀了。而这东周，在孔子那里，则是他的一块心肝宝贝呢。德国诗人海涅说，不要轻视闭门苦思的哲学家（何况墨子还不是闭门苦思），因为他可以产生雷霆万钧的力量；把他视为无足轻重的无害的学究，那就低估了他的能量。假如康德没有使唯理论神学家的上帝权威扫地，罗伯斯庇尔就不会砍掉国王的脑袋。我们也可以这样说，如果没有墨子等思想家的思想使儒家的礼乐文化权威扫地，各诸侯国就不会对名义上的“天下共主”周王敬而远之，更不会有秦的铁骑虎贲秋风扫落叶一般“吞二周而亡诸侯”（贾

每个划时代的行动之前，都有一个较长时期的思想引导和力量积蓄。

鲍先生是从正面举例。反面的例子也不少。希特勒追杀犹太人之前，整个西方有一个在思想上清理犹太人的过程。

谊语)!

四

那么,何处是墨子的剑锋所向呢?

首先,他已有意地忽略周王的存在,不把他看做天下共主,而是把他摈弃于天下政治之外了。这种冷处理尤其恶毒,清冷而落寞地苟存在洛阳的东周最怕的就是被人遗忘。墨子抬出一个有意志的"天",来代替周"天子",表明天下尚无天子,只有"天"。诸侯也只需对"天"负责,而没有什么"天子"值得去在意。孔子说:"天下有道,礼乐征伐自天子出;天下无道,礼乐征伐自诸侯出。"这"天子",就是天的意志的代表,也就是周王,对天负责,就是对天子负责。他要天下有道,当然就要恢复周王的权威。墨子也反对战争,甚至钻牛角尖到反对一切战争,但他并不像孔子那样,从政治角度来考虑战争,而是从道德角度来考虑战争。战争的不义,在孔子看来,乃是由于不是出自天子而是出自诸侯,是政治的失序。而在墨子看来,攻打别国,正如同偷窃与强盗。其行为本身即当否定,不论什么身份的人都不能偷窃,所以,不论什么身份的人当然也就无权发动战争。也就是说,孔子把战争看成一个政治事件,关乎政治秩序;墨子把战争看成一个道德事件,关乎伦理原则。当作政治事件,当然关注它的合法性。合法性,往往只是一个技术操作问题。比如,在孔子看来,只要战争是出于天子,是由天子发动的,那就是正义的。而诸侯发动战争,就是非法的。

政治与道德往往是不统一的。当政治符合道德之后,不是政治已成过去时,就是道德沉沦为帮凶。

当作道德事件，当然关注它的合理性。合理性，则容不得敷衍。墨子把攻打别国与偷窃杀人在性质上等同起来，无论什么人，哪怕是周天子，也不具有偷窃杀人的道德支持。故而他考虑的是战争的道德根基，而与周天子之类的政治秩序无关。就他的反战理论，我们完全可以推导出，即使是周天子的征伐，也是不义的，形同盗窃的。这就逻辑地剥夺了周天子从立朝以来便拥有的政治权力了。

他与鲁阳文君之间的一次讨论很有意思。鲁阳文君，是楚惠王时的封君，封在鲁阳（今河南鲁山县），与郑国接邻，他想攻打郑国以扩大自己的封地，墨子便去阻止他。他先打比方说："假定在您的封地之内，大都攻打小都，大家攻打小家，肆意杀人，大肆抢掠财物，您认为可以吗？"

鲁阳文君回答说："在我的封地之内，就算是我的属下，如果大都攻小都，大家攻小家，我一定不轻饶。"

墨子的回答是这样的：

> 夫天之兼有天下也，亦犹君之有四境之内也。今举兵将以攻郑，天诛其不至乎？（《鲁问》）

这里我们稍微分析一下。在鲁阳的四境之内互相攻伐，鲁阳文君不会坐视不管，因为他是一境之主。那么，诸侯国之间互相攻伐，谁作为天下之主来管一管呢？若要孔子来说，则定是周天子，孔子反对战争，其理论根据即是如此。但是墨子这里没有了周天子，而直接上达到"天"。显然，在诸侯与"天"之间，少了一个天的意志的人间代表者：天子。这是墨子眼里无周王的铁证。从孔子的“礼乐征伐自天子出”到墨子的“征伐自天出”，显然有一个大变化，这个变化就是周王朝及周王从实际社会政治中逐渐淡出的结果。“天子”的缺位，显然不是墨子的最后目的，他的最后目的是要用新的天子来取而代之。

很遗憾，中国人的思想中，真正“国家”概念的产生是在近代中国被帝国列强瓜分之后。“天下”与“国家”的最大区别是，前者为地理概念，后者为政治概念。

没有“天子”，当然也就没有了与之相应的“天下”，所以墨子也是第一个使用“国家”这个词的人。他把诸侯的“国”与大夫的“家”合起来，用来指代原先天子的“天下”所包含的一切内涵。而且他的一切主张都是为了这种“国家”的：

> 国家昏乱，则语之尚贤尚同；国家贫，则语之节用节葬；国家熹音湛湎，则语之非乐非命；国家淫僻无礼，则语之尊天事鬼；国家务夺侵凌，则语之兼爱非攻。（《鲁问》）

你看，他已不再是周天子的理论家，而自甘做诸侯大夫的理论家了。他的“天下”，将要从这些“国家”中融铸而成，他的“天子”，更将从众多贤良中破空而出。一切腐朽没落的，必将死亡，墨子在呼唤着新的世界！

五

墨子否定周王朝，更主要的表现在他对周文化的否定上。他的“兼爱”是反对“礼”的等级尊卑制度，“尚贤”是反对“亲亲”的贵族封建世袭制度。这两点实际上是周王朝政治运作与社会整合的主要环节。他的“节用”“节葬”“非乐”又是反对周王朝的文饰，这正是孔子所倾心向往的“郁郁乎文哉”的王朝风范。墨子认定：“俯仰周旋，威仪之礼，圣王弗为。”显然，制礼作乐的周公在墨子这里决不是圣王了，以礼乐文化为特色的周王朝当然也就不是什么圣朝了。

我们对他的一些主要观点略作探讨。

兼爱 “兼爱”之根本不在“爱”，而在“兼”。提倡“爱”，是儒墨共同的，不同在于儒家讲“别”（有差等的爱），墨家讲“兼”（无差等的爱）。有差等的爱，自然就是“亲亲”；无差等的爱，落实到政治上当然就是“尚贤”。所以，在墨子论“兼爱”的上中下三篇里，只第三篇有意义，因为在第三篇（《兼爱下》）中，墨子力证“兼”胜于“别”，然后还论证了“兼爱”可以实现。我认为，论证兼爱胜过有差等的爱，比较容易，因为这只是在做一件很抽象的价值判断与选择。但论证兼爱可以实现就很难。这个论证有点像孟子证明人性善，吃力而不讨好。墨子的主要论据是：一、《尚书》中记载，古代曾经有过一个兼爱的时代，甚至讲“亲亲”的儒家所推崇的商汤、文、武、周公也都是兼爱的模范人物（这个论据现代的读者当然会不以为然）；二、还有比这更难的，只要君王提倡，都做到了。他举了三个例证：楚灵王好细腰，于是大臣自觉挨饿；越王勾践好勇，于是士兵们不惜生命；晋文公好敝衣，于是晋国人纷纷穿上破衣烂衫。他说，挨饿，轻生，敝衣，这三种天下难事，只要君王提倡，也能形成风气，何况“兼爱”，只能带来益处而不会带来坏处呢？但这种论证仍然漏洞很多。我宁愿相信墨子论兼爱与孟子论性善一

关于儒墨“爱”的差别，还可从另一些角度去思考，如儒家讲仁爱，是推己及人，己与人有先后之分；墨家讲兼爱，是爱己的同时也爱人，己与人没有先后之分。因此，“兼爱”比“仁爱”更难能，也就更可贵。

样，都是出于一种良好的愿望，而不是科学的结论。而墨子的良好愿望中还带有推翻周文化的革命目标。他认为天下之所以混乱，乃是人们不相爱，而不相爱的原因，则正在于周文化的“亲亲”。“亲亲”导致自私，自私乃天下大害。墨子是第一个看穿统治者自私本质（也就是阶级本质）的明眼人。什么天下、百姓，全是骗人的鬼话。在这里，他比孔子清醒得多，锐利得多。孔子迷信“公天下”，而墨子则明白地看出了“家天下”的本质。

尚贤　在“尚贤”的主张中，我们可以看出“贱人”出身的墨子所代表的平民阶层的政治要求。我觉得，他的“尚贤”论证比“兼爱”论证费力少而收功多，简明扼要而铁证如山。面对周王朝“亲亲”传统的文化破烂，他恼火非常：

> 今王公夫人，其所富，其所贵，皆王公大人骨肉之亲、无故富贵、面目美好者也。今王公大人骨肉之亲、无故富贵、面目美好者，焉故心知哉？若不知，使治其国家，则其国家之乱，可得而知也。（《尚贤》下）

他还用了他最拿手的逻辑法和他的工匠经验：

> 今王公大人有一衣裳不能制也，必藉良工；有一牛羊不能杀也，必藉良宰……逮至其国家之乱，社稷之危，则不知使能以治之。（《尚贤》中）

墨子在论“非攻”时，也用了这个方法。用墨子的话说，这叫“不知类”。这种证明方法是颇具说服力的。

应该说，这种封建世袭之弊，确实是当时天下混乱、王朝崩溃、人民苦难的主要根源。吏治腐败，必然导致政府行为腐败，从而整个社会结构一触即溃。可以说，在中国思想史上，虽然孔子也小心翼翼地提过“任贤”以作为“亲亲”之弊的补偿，但对“亲亲”政治结构之危害作如此透彻的分析，对之进行如此彻底的清算，指出其非理性并使之臭名昭著，墨子实为第一人。同时，还应当指出，“尚贤”取代“亲亲”，乃是郡县制取代封建制的重要一环，甚至是关键一环。如此说来，在李斯议立郡县制前200多年，墨子已经为之做好理论准备了。

“亲亲”是先己后人的必然发展。

理论为行动先导的生动事例。

非乐　节用　节葬　墨子倡导这些，我认为有两个原因。一是咱们的老祖先在黄河流域贫瘠的土地上生存繁衍，不比那地中海边的希腊城邦。农业经济的特点之一是积累慢而有限，经不起消耗，不比商品经济工业经济之生生不息。汉初几代的积累，只武帝一人就耗费干净；盛唐的富庶也只一场安史之乱便使之室屋荡尽。孟子大倡王道，但即便是他的王道实现之后，也只是70岁以上的人才能吃肉，50岁以上的人才能穿上好衣服。在这样的生存环境中，开源既难，不节用怎么行？一节用，其极端一点的，便是如墨子，“区区不近情”（元遗山语），尽量削减衣食以外的消费：从活人身上省去娱乐费，从死人身上省去丧葬费。他甚至要人自身的生殖繁衍能力都充分利用而不浪费：男子20必须娶妻，女子15必须嫁人。为什么？赶紧生孩子以增殖人口呀！所以，墨子倡“节用”，还要"非乐""节葬",实出不得已。庄子说墨子的这种做法(主要指"非乐")不近人情,非常人所能忍受,但南方的庄子哪里知道北方生存环境的艰难呢!

原因之二,乃是墨子出身于平民。我想,这里大家彼此有个误会。周王朝的"乐""奢葬"等,可能仅要求贵族,只有贵族才能听乐和观舞,只有贵族才能厚葬、服久丧。而一般平民既无资格,也无财力。贵族守丧三年有人供饭,平民守丧三年他喝西北风?况且谁替他纳赋贡税?没人纳赋贡税了,贵族的收入不也大大减少?把贵族的做法推广到民间确实太冬烘了,而墨子果然挺身反抗。实际上,与"礼不下庶人"一样,"乐"岂能下庶人?庶人而欲"乐",简直是僭越。儒墨两家争个不休,其实只是一场误会。当然,从墨子的措辞之中,我们仍可看出他对周王朝礼乐文化的深恶痛绝。

孔子是对前代文化的总结,墨子是对前代文化的批判。墨子的伟大是批判的同时有构想,"破"中有"立"。我们要永远记住,"立"比"破"要难得多。

墨子文章中,以"非"这种否定式为题的就有四个:《非儒》《非命》《非乐》《非攻》。除《非攻》是对一种社会现象进行否定外,其他三种都是对现存文化传统的否定。除此之外,我们前面还指出过,《尚贤》《兼爱》反"亲亲",《节用》《节葬》反礼乐……我们可以说,墨子是在对前代文化进行清理。他在对一个大帝国及其根深蒂固的文化传统大声说"不"!他冒天下之大不韪,撄虎须,犯众怒,独持偏见,一意孤行,他的思想观点,既是批判的武器,也是武器的批判,是对前代文化的批判。通过对周王朝的文化批判,以及对周王朝的文化进行批判,他建立了他的批判的文化——在这个意义上,他不愧是一个向帝国挑战的大剑侠。

六

上文提到,在墨子眼中已经没有了周天子。这表明,在他的政治框架中,出现了“天子”缺位的情况。缺位,就得补,他如同项羽一般,是认定“彼可取而代之”的。如何取代呢?在这里,墨子的思想放射出令人惊异的色彩,他提出了一个在后来中国两千多年历史中都没有人敢于响应的政治构想,我们甚至可以把它称为“民主联合政府”:

> 选择天下贤良、圣知、辩慧之人,立为天子……选择天下赞阅贤良、圣知、辩慧之人,置以为三公……靡分天下,设以为万诸侯国君……择其国之贤者,置以为左右将军大夫,以至乎乡里之长……(《尚同》中)

在这里,天子是在“尚贤”的标准下民选的,天子而下则有三公,构成最高权力机关,然后是诸侯国君,左右将军大夫,直至乡里之长,相当于基层组织。现行的政治体制彻底被抛弃了,贵族特权被否定了。除了民主选举这一点外,如果把诸侯国君改成郡、县,不极像后来的郡县制么!而其通过民众选举,推举贤良、圣知、慧辩之人为天子、三公、诸侯国君、民之正长,则极易使我们想起卢梭。这是一种多么伟大的思想!

但是,生活在遥远古代的墨子毕竟不能等同于近代的卢梭。在民主政治这一点上,他几乎没有可资利用的思想资源。再往下看，我们就又灰心失望了。这一段话如果译成白话，就会大大削弱墨子那种斩钉截铁不容置疑的口气，我们就引原文：

由此也可见“立”之艰难。

> 天子、诸侯国君，民之正长，既已定矣，天子为发政施教，曰：……上之所是，亦必是之；上之所非，亦必非之！……上之所是不能是，上之所非不能非……下比而非其上者，上得则诛罚之！万民闻则非毁之！

读这样的话，直让人倒吸冷气。太可怕了。难道我们选出一个天子来，就为让他实行专制吗？就是让他代替我们全体民众来思想，而我们全体民众只能是俯首听从吗？如果是这样，我们还能有下一次选举的权利吗？而且，墨子的这种专制，不仅是君主专制（上得则诛罚之），而且还是集体的暴虐（万民闻则非毁之）。如若照墨子所言，我们中华大地，真的是没有异端的藏身之地了！没有异端的民族，难道不是一个濒于灭绝的民族么！

仔细回头再看他的题目，恍然大悟：“尚同”也者，“上同”也，同于上也，和上面保持一致也。既然要同，就容不得异，并否定异端存在的伦理依据。这不是典型的专制么？难怪荀子批评他：“有见于齐，无见于畸”。（《天论》）这是一切专制政治的理论基础呢。这里，我们可以看出来，墨子并非卢梭，倒是很像霍布士。

当然，墨子也看到了这一点，所以他在天子之上又预设了“天”，且是有意志的。《天志》《明鬼》两篇，我以为是墨子整个理论的最后补充，很像是墨子式的“宪法修正案”。主要目的就在于限制政府的权力，防止权力的滥用。为此，他力证“天”比“天子”更聪明，更仁慈，更有威力。天子若暴虐下民，天就要给他惩罚。他就这样解释夏桀、商纣、周厉王的亡国殒身下场的。应该说这是一种吓唬战术。只可惜，中国古代的专制暴君往往是一些无所畏惧的唯物主义者，并不惧怕天志与鬼神。

有些论者认为，墨子在春秋后期还坚持天是一个有意志的实体，还相信鬼神的存在，是一种倒退。我并不这么看。这种“倒退”在汉代董仲舒那里也出现过。我想，这是有原因的。在贵族政治中贵族可以形成对皇权(天子)的一定约束，而在一个没有贵族的政治体制中，用什么来约束皇权？这当然是反对贵族政治的墨子必须考虑的，也是诸侯国灭亡以后董仲舒必须解决的。他们迫不得已，便只好借助于天与鬼神。我想，墨子谈鬼，乃是使人有所惧而有所不为；谈非命，则又是使人有所望而有所为；谈天志，则是使人(尤其是天子)对自己的欲望与行为有所检束。鬼神的迷信，是道德的一种补偿手段，迷信就是道德的一种实现(约束)形式。天的信仰，是法律的一种补偿手段，天志也是法律的一种实现(惩罚)形式。唉，墨子劳心竭虑的，不就是在想，如何对权力有所约束么？儒家只寄希望于权力拥有者自身的道德约束，而墨子则开始寻找一种权力之外的约束。就这一点说，墨子不是倒退，而是进步。

另外，还有一点也应指出，墨子是提倡义利一致的，他在《经上》中说：“义，利也。”这种诠释简直要把

儒墨两家都想解决对权力拥有者的监督问题，事实上都没有解决。所以，专制一直是中国几千年封建政体的一个最突出特点。

儒墨两家是先秦显学，汉之后墨家事实上退出历史舞台，幕后也少有人为之鸣不平。直到今天，依然无多少人为之喝彩。墨者真的是寂寞几千年了。但墨家思想在今天的许多方面得到了回应：比如“兼爱”“尚贤”，比如权力制约、义利一致等。当我们读完这篇文章，我们慨叹：中国历史没有按墨家思想发展，许多方面都是大遗憾。

腐儒吓杀。但他是对的。这是中国古代对道德问题的最好的见解。道德的本质乃是利益之保障,或说是利益实现的最方便的途径,从个人角度讲,道德的行为会使人得到最大的利;从社会角度言,道德的行为亦是社会以最小的代价而获得最大效益的最佳方式。而不道德的社会行为,如墨子在《耕柱》篇中所说的"大国之攻小国",结果是大国小国全都不划算,全都受损失。

无路可走

有路可走,卒归于无路可走,如屈子所谓"登高吾不说,入下吾不能"是也;无路可走,卒归于有路可走,如庄子所谓"今子有五石之瓠,何不虑以为大樽而浮于江湖"是也。

——刘熙载《艺概》

非死为难,处死为难。屈原虽死,犹不死也。

——洪兴祖《离骚·后叙·补注》

屈原不好写。我几次动笔都叹口气放下了。写屈原的困难在于,我们不知道哪些东西是他的,哪些东西不是他的,这不仅指他的作品,也指人们指认给他的那些思想、性情、性格。是的,屈原是一个"箭垛式人物"(胡适语),我们后人附会给他的东西太多,在中国古代人物中,没有一个人像屈原那样,被后人随己意或随时代需要而加进去那么多东西。我们固然可以因此说,屈原是一部大书,每个读者都可以从中读出自己的东西,每个读者都可以按自己的理解与逻辑来认识屈原,但屈原也因此面目全非,或千人千面,如同一千个读者的一千个哈姆雷特。屈原的生平留给我们太多的盲点与疑点,为他作传的司马迁情绪激动,心潮起伏,不能心平气和地记录他的身世行踪,大

这说明屈原是我们最需要的人物,说明屈原身上的许多东西都是我们身上缺少的。

或者说我们在借屈原表达我们的最爱。

段的主观抒情议论占据了不长的篇幅。司马迁可能意识到,对于屈原来说,他的精神远比他的生平事功更重要。由此,后来的屈原研读者只在乎自己的理解能够自圆其说,不自相矛盾,能构成一个可理解的自我体系。这样做事实上也并无不妥。历史的本体本来就是不存在的,不可复现的,存在的只是我们对历史的认识,更何况疑窦丛生的屈原?韩非曾疑惑地说,孔墨死后,其不同的后学都自谓真孔墨,孔墨不可复生,谁能定孔墨之是非?我们也可以说,屈原不可复生,我们谁又能定屈原之是非?不同的读者眼中有不同的屈原,屈原的内涵也因为有了这些附着而越来越丰富,其影响也越来越深巨。所以,我们也可以说,屈原是一个滚雪球式的人物。

恐怕有些东西是不能、也无需辨清的。

最近我读了西北师大赵逵夫先生的两本有关屈原的著作:《屈原和他的时代》和《屈骚探幽》。这是我所读过的有关屈原的最扎实的著作。赵先生是严谨而深刻的学者,他以对文本的认真研读,给了我一个实实在在的屈原。反观我以前读过的一些有关屈原的著作,总觉得主观的东西较多,有些结论即便浅陋如我,也能看出其破绽。而赵先生的著作使我对屈原的感觉踏实起来。作为一个古典文学的教学者和研究者,我以前一直彷彷徨徨地绕开屈原,不敢接近他,因为围绕他的雾气太朦胧,我不知道他的核心在哪里。有些历史人物往往隐身在重重黑暗之中,等待着后人智慧的光芒照彻他们,使他们重新熠熠生辉。赵先生的两本书,洞幽烛微,屈原开始走出重重浓雾。在读完赵先生的两本著作后,我感觉我能说一些话了。

我觉得,屈原之影响中国历史,不在于他的思想,也不在于他的事功。这两点他都不突出。他的思想——美政,在《离骚》中也只有“举贤而授能”“循绳墨而不颇”以及效法先王几条,空洞而且没有原创性。他的事功更只是昙花一现,还没开始便夭折了。以至于在先秦典籍中根本就没有他的名字。赵逵夫先生独具只眼地在《战国策·楚策一》“张仪相秦谓昭睢”一节中,考证出该段文字中的“有人”即是屈原,从而证明了先秦确有屈原其人。但这也恰好证明了屈原在先秦之无名望无影响,以至《战国策》中以“有人”来代称他。如果没有他精彩绝艳的楚辞,他极可能淹没在历史的尘沙之中,连同他的痛苦、不幸与委屈。

屈原之影响后代,乃是因为他的失败。这是个人对历史的失败,个性对社会的失败,理想对现实的失败。屈原在他的作品里(主要在《离骚》和《九章》里)淋漓地展现了这种失败。可以说,在中国历史上,这是第一次有关独特的个人与社会、历史发生冲突并遭致惨痛毁灭的记录。在此之前的诸子及所谓儒家的六经,都只是对所谓社会秩序、历史规律的认知——包括价值认同,并没给独特个体及个性留多少余地,而《诗经》中的为数不多的个性痛苦(指个体在社会体制中的感觉记录)也因“怨而不怒,乐而不淫,哀而不伤”而黯淡无光。比屈原稍前的庄周已经看出了个性与社会的不可调和的矛盾和冲突的必然性,同时他也悲观地认识到在这场正面冲突中失败的一方只能是个性。故而他避开了社会冷酷的锋芒,避免与之发生冲突,他几乎是不战而退。而比屈原稍后的荀子(注意这三人都与楚文化有关系),则是通过对人性的否定,进而否定个性,否定独特个体

失败中有精神在,失败中有启示在,最重要的是失败中有人性在,那是关于国家、人民与个体关系的大人性。我们从屈原身上感受到了在别人身上无法感受到的人性美、人情美。

的道德价值，或者说，否定个体在社会秩序之外的独立价值（请参阅荀子一篇）。唯独屈子，既要坚持个性，又要坚持以自己的个性去改变世界，以个性的温热去融化那冷酷的秩序。因此，他的失败是一次意味深长的历史事件，也是人类永恒的悲剧。甚至我们可以把他的作品看成是有关人类自由、幸福的启示录。

他以至善至美的古圣贤作自己立身行事的榜样——天真的屈子并不知道，这些古人的"至善至美"是后人的想象甚至是有意的欺骗，他更不能知道，至善至美往往便不能与现实并存，因为至善至美便不能宽容。聪明的庄子看穿了这种历史骗局，他推倒一切圣贤，把他们通通置于他的戏侮之下；犀利的韩非更是从唯物的角度拆穿儒家的美化，把古人推下神坛。而屈原对这些道德幻像则是真诚地信奉，甚至还把自己看成是古圣人的影子，并把自己当成是古圣人意志的现世体现者。由此便出现了这样的结果：他把君主应当"效法先王"的命题（这也是稍前于他的孟子的主张），不经意地就变成了君主应当"听信贤臣"，应当对贤臣信任，重用，守信而不改，因为这样的臣子就是先王意志的化身。"先王"由一种抽象的精神传统具体为一个活生生的人，与君主对峙。屈原就是这样与楚怀王对峙着。当然，与孟子一样，他不能明白的还有，道德模范式的圣人及其个人魅力决不是现行体制的对手！所谓的"法先王"，不过是一种幼稚而天真的愿望而已！

当楚怀王背弃"成言"，"悔遁而有他"（《离骚》）的时候，屈原才发现，"君可思而不可恃"（《惜诵》），这时他感受到了个人在体制中的委屈与孤独。《惜诵》一篇所倾诉的就是这种委屈与孤独。甚至他认定一国之中没有一个人能理解他，“举世皆浊我独清，众人皆醉我独醒”（《渔父》），他慨叹“人之心不与吾心同”（《抽思》），至此，他就把自己放在整个世界的对立面去了，不仅是一个壅君，几个奸臣小人，而是所有人。一个人站到所有人的对立面是什么结果？可悲的是，屈原在为大多数人谋福利，但大多数人并不能对他援之以手——姐姐骂他，不支持他，还要他屈服；太卜郑詹尹很有分寸地缄口不言；渔父甚至对着他“莞尔而笑”，唱了一曲“清斯濯缨，浊斯濯足”来讽喻他，然后是“不复与言”。在别人的眼里，他太固执，太钻牛角尖，不容易对话与沟通。屈原就只能死在孤独之中，死在壅君的昏聩、奸人的险恶以及大众的沉默中了。

“安能以身之察察受物之汶汶者乎？”（怎能让高洁的自己受肮脏的外物玷污呢？）中国古代士人都会像屈原这么说，但屈原的高洁不是以逃避的方式（穷则独善其身）保存，而是以坚持的方式坚持着，以抗争的方式抗争着，以承担的方式承担着。

忽反顾以流涕兮
哀高丘之无女

赵逵夫先生认为《离骚》中的“求女”，乃是“求知音”，而“无女”当然也就是无知音，屈原笔下的“求女”都是失败的。屈原的知音在后代，而不在当代。他的最早的知音大约是贾谊，一个年轻有为而又多愁善感情绪不稳的书生，天才政治家，当然也同屈原一样，是一个失败者。当他被贬为长沙王太傅时，过湘水，投书以吊屈原。后来司马迁把他两人合传，不同时代又无学术承传而合传，除《刺客列传》《游侠列传》外仅此一例。显然，这三种传记，都取的是精神上的传承，际遇的相似。我有时犯糊涂，不知道司马迁是因为贾谊的遭际像屈原才把他续传在屈原的后面呢，还是因为要传贾谊才想起此前还有一个更哀婉动人的屈原。我觉得后一种可能性大一些。是贾谊的追悼使屈原回到了人间。而此时，距屈原自沉汨罗，已是“百有余年”了。

屈原也缺少孔墨孟荀等人的达观。他毕竟不是冷静从容的哲人，他是诗人。同时，他也缺少他们曾经有过的苦难磨炼。

当屈原20岁行冠礼作《橘颂》时，他是何等儒雅自信，前途远大。而孔孟等人此时还在社会底层挣扎，受尽白眼与辛酸。因而他们有韧性。他们不像屈原那样高贵，孔孟都干过一些贱人才干的“鄙事”，当过吹鼓手、委吏、乘田，被人从宴席中赶出来。而墨子本来就是“贱人”。

而屈原，他纯洁无瑕的贵族血统与心性使他无法面对失败。在失败面前他不能沉默，不能隐忍，不能迂回，不能无闷。他呼喊，他叫屈，他指责，他抗争，于是他得到的是更大的打击与蔑视，是别人对他的彻底的失望。

这是人性中的诗性，是人性中的真情。在屈原面前，我不需躲闪与隐藏，我已被他的率真感染得毫无顾忌地泪流满面。

他掸去灰尘，保持自己的皓皓之白。他凛然地站在邪恶的对立面，与他们剑拔弩张。一点也不含蓄，一点也不躲闪，一点也不讲策略，他怒形于色。他给对方看他的伤口，以便让对方知道他的仇恨与报复心切。他由此遭到邪恶的全面彻底的攻击，邪恶无法容忍他的存在，因为他把自己摆在与邪恶你死我活的对立面上，邪恶即使仅仅为了自己的活，也要让他死。

而屈原的伟大与可贵也正在这里：

他不理解邪恶与不公。他无法和他们和平共处，哪怕是虚与委蛇。他谨持着他理想的绝对纯洁。是的，他至死也不曾丢失一寸土地。他是代表独特个体而与社会宣战的最伟大最惨绝人寰的战士。因为他的绝不让步，这世界有可能免于全面堕落。

因为他的绝不让步，世界"卒归于有路可走"。

而他的这种行为必然会遭到一些孱头的批评。比如扬雄与班固。

扬雄看到了人性自身的弱点与功利趋避。他要个性收敛自己的光芒与芬芳，降低自己的精神品位，从而与世俗取齐。他认为与其与对方弄得鱼死网破，倒不如以自己的苟活换得对方的宽容，或者，以自己对对方的宽容忍让换得自己的苟活。他大概是在为自己依附王莽作辩护吧？（扬雄《反离骚》）

而班固，本来就是一个见识不高的人。他臧否人物往往持论乖谬得令人莫名其妙。他认为对君上是不能批评的，对小人也是不应该斗争的。而屈原则偏偏"责数怀王"，"竞乎危国群小之间"（班固《离骚序》），所以屈原简直是咎由自取了！我以为，班固对屈原的批评，如同青铜对铁的批评，不，是青铜做就的、贵族手中把玩的酒器溺器，对钢铁铸成的叛逆英雄手中青锋长剑的批评！

屈原坚定地忠于自己的内心感受。屈原爱君、恋君，这只是因为只有楚怀王才能实现他的理想，对那个顷襄王，他就毫无思慕之情，因为他对这个憨大孱头不抱任何希望。他是一个个性极强，意志极强，脾气也极坏的人，是一个极自尊的人。他的作品是"发愤以舒情"的产物，是无休无止的"怨"，"信而见疑，忠而被谤，能无怨乎"！刘安、司马迁所标揭出来的，就是屈原的"怨君"及其合理性。而班固则只承认屈原"忠君",而不满于他的"怨君"了。班固的这一改造,便形成几千年的沉沉大雾:由"忠君"(班固)到"忠国"(王夫之)再到现代的"忠民"。但我这里要恢复屈原的本来面目:他忠于自己,忠于自己的感觉,忠于自己的良心!

《九歌》是屈原生活以外的作品,体现的却又恰是屈原内心的柔情。他本来应该生活在"九歌"的境界中的,他应该是"九歌"中的人物:浪漫、多情、敏感,诗意纵横,文采斐然。《九章》是屈原生活的记录,却又是屈原内心中最无奈的境遇。《九歌》和《九章》实在是水火不相融的两个世界:一个是柔情似水,佳期如梦;一个是炼狱之火,死去活来。屈原就挣扎在这两个世界之中。一个最柔情的人碰到最冷酷的现实,最纯洁的人落在最肮脏的泥塘。一个如此遵循心灵真实的人不得不应付现实的虚伪,一个如此热爱真理与正义的人却得不到真理与正义的庇护——是的,是我们以血肉之躯支撑着真理与正义,而不是真理与正义在支持着我们的事业!

因为他的决不宽容,让我们多少有所顾忌而不敢轻易全然放弃良心。

屈原之死往往使我想起另一个楚人之死:项羽。两人都是自杀,且都死在水边:屈原自沉于汨罗之波,项羽自刎于乌江之畔。两人都死于自己对别人的不宽容:项羽决不宽容秦人。

这两人的死,可能暗示着,我们民族的一些真性情死了。我们民族最殷红的血流失在水中,被冲淡了。

乡愿活着,滑头活着,奸诈活着。他们使这个世界的生态更加恶化,更不适合人的生存。

屈原确实偏激。岂止是偏激，屈原还有许多别的缺点。但我总以为偏激的人往往有真性情。更重要的是，偏激的人往往不是小人——因为小人总是很圆通的。

况且，有缺点的战士毕竟是战士。

完美的苍蝇终究是苍蝇。

屈原是一个心性偏狭的人，是一个因为太纯洁而偏狭的人。屈原是一个不稳重的人，是一个因为太多情而不稳重的人。他脆弱，却是因为他太珍惜一些东西，在这一点上他又有真坚定，真强大。他也浮躁，因为他执着于理想而不能片刻安于现实。他在他的理想中陶醉着，时时被他的理想鼓舞着，以至有时失却了现实感。他不是一位“成熟”的政治家，则正因为他有一切世俗“政治家”所不具有的那种政治热情，以及对政治的信念——这一点他与孔子相同，他认定：政者，正也——不正的东西不是政治，政治手段应与政治目的一样纯洁无瑕，无懈可击。就从这地方，他开始越来越不像“政治家”，并在现实政治中遭致失败，但他无疑是我们理想中的大政治家，如周公、孙中山、华盛顿、林肯。无特操与性情的“诗人”往往成为政客，富于理想的政治家则往往成了真正的诗人。屈原就这样由失败的政治家变成了卓绝百代的诗人，而且是一位浪漫的诗人。他无论是在政治上，还是在诗艺上，都不可能是写实的。现实的土地上有那么多的丑恶，他怎么能在这上面安然地生存，诗意地栖息？这当然又是“诗意地栖息”在现实大地之上的众多当代诗人学者无法理喻的。他们不能望屈原的项背，但他

倘若从这个角度说，屈子的死是无意义的。但今天人们对屈子的理解并非全然如此，还有为屈子招魂者，还有追悼屈子者，但那些借追悼敛财者不在此之列。

们说他们是因为不屑。他们的生存智慧确实高出屈原。屈原“无路可走”(刘熙载语),自杀了,他们却活着,并且越活越觉得四通八达,越活越有“诗意”。活着的人比死去的人有优势:他们能说话,能抢占话筒,总能“变白以为黑,倒上以为下”。当黄钟被毁弃的时候,瓦釜就开始雷鸣了。屈原与现实中的黑暗势不两立,而他们却能游刃有余,甚至与之搞合作,讲互利。他们策高足,踞路津,在屈原与邪恶战死的地方,他们开始讨论幸福。

“孤伟自死,社会依然,四语之中,函深哀焉。”(鲁迅)

屈原死了,我们苍白了。

魂兮归来!

单元链接

《墨子》的《非攻》和鲁迅的同名小说《非攻》,《楚辞》的《国殇》《涉江》和《史记》的《屈原列传》都是中学语文课本的重要编目。可否试着用比较法将两篇《非攻》作专题研究?可否试着用登临法将中学语文课本中的诸子散文作专题研究?

关于墨子与屈子,较适合中学生朋友的阅读书目有:詹剑峰《墨子及墨家研究》(华中师范大学出版社2007年版),谭家健、孙中原《墨子今注今译》(商务印书馆2009年版);汤炳正等《楚辞今注》(上海古籍出版社2017年版)。

附录：

原著《序》

贾平凹

对于文坛，《美文》是个新生的杂志，鲍鹏山也是个未名人，但鲍鹏山接二连三地在《美文》上发表他的“再读圣贤”的文字，当读者在逐步认识了《美文》后，鲍鹏山的声名也大起来，相得益彰，所以有出版社肯为他结集出书，我也乐意代表杂志社为这本书写序了。

敢谈圣贤，绝不是鸡零狗碎的人要干的事，但要写得不是所谓很学术的书，又不是那种黑幕文字，却不是谁都可以得心应手的。本书的尖刻得之于宽博，幽默得之于智慧，恣肆得之于安详。尤其内力的张合俯仰，语言的顽劲皮性，是我接读书稿中最好的一位。这本书使圣贤庸行，大人小心，使我们不知不觉而知觉。

鲍鹏山已经是《美文》版面上的熟客，但我见到他的时候，他谈过了老子庄子和孔子，正要谈商鞅，偕妻牵子，亲自到西安来送稿。人是黑黑的，言语不多，很憨诚的那一类。我们请他在靠着琼花满塘的小店里吃饭，他送了我一只古时的大陶罐，我们没有过多交谈，之后他就走了。他大约说过他在青海太偏僻，文坛上没什么认识的朋友，很多寄出去的稿件都石沉大海，给《美文》是第一次投稿，没想……如何如何的，这是客气话，我没有在意，但我记住了一个细节：他的孩子没有上桌吃饭，因为新买了一盘积木，一个人坐在屋角一声不吭玩了三个小时动也不动。知其子便知其父，我倒敬畏了他是一个有心劲而能认真又沉得住气的人。

鲍鹏山现在又在青海的一所学校里生活着，那只陶罐放在我的书架上，因为是彩陶罐，不忍心涂抹，我在紧挨的另一只大的陶罐上写了一句话：

罐者观也官也，得大罐者能大观，能大观者则大官。

鲍鹏山可能一辈子不能做大官，也可能终生待在青海的小城里，但这并不妨碍他的能大观。